あやかし専門縁切り屋

鏡の守り手とすずめの式神

雨宮いろり

22859

角川ビーンズ文庫

目次

あやかし専門縁切り屋
鏡の守り手とすずめの式神
AYAKASHI SENMON
ENKIRIYA
人物紹介
青磁
式神。縁切り屋を営んでいる。
元々はひよりの曾祖父・七生と
契約していたらしい。
野見山ひより
とある事情で大叔母宅へ
引っ越してきた高校二年生。
人との付き合い方に
悩んでいる。

石蕗（つわぶき）

ひよりの大叔母宅一帯の
土地神。

五百旗頭（いおきべ）

弦狼堂（げんろうどう）の店主。

玉木薫（たまきかおる）

縁切り屋の依頼者。

土御門（つちみかど）

七生と因縁のある陰陽師。

小狐（こぎつね）

小関姉妹（こせきしまい）

イラスト／くろでこ

序章

そこは暗かったけれど、少しも怖いと思わなかった。

大叔母の家に遊びに行っていたひよりは、年上の従兄と一緒に、近所でかくれんぼをしていた。大叔母の家はとても広いから、立派にかくれんぼができると小学一年生のひよりは思う。

けれど、五歳年上の従兄は、もっと難しくて広い遊び場を求め、外に飛び出したのだ。

何度か遊びに来ている場所とは言え、隠れられる所など思いつかないひよりは、季節外れの朝顔が咲いている広い庭に入り込み、すぐそばの扉に手をかけた。

きっと小さな納屋だろう。そこに隠れていればまず見つからないとひよりは思った。

けれどそこは、ひよりの想像とは少し違っていた。

まず両脇に背の高い棚があって、上までぎっしりと物が詰まっている。それにひよりが歩いている道は、どこか遠くへ続いているようだった。足元にほのかな明かりがともっているだけで、全てを見渡すことはできないけれど、ずいぶん広い空間のようだった。

「ここ、どこだろう」

　ひよりは小さな歩幅で、とことこと進む。暗くてひんやりとしたその空間は、ひよりの存在をどこか面白がっているように感じられた。温かい気配が色んな所にあって、見守られているみたいだ。

「わあ……！　すごい、ぴかぴかだ」

　子どもの目を引いたのは、棚の中ほどにあり、皿のように立てかけられた円盤だった。それは土にまみれてくすんでいて、ひよりの言うような「ぴかぴか」ではない。けれどひよりはその円盤が鏡であることにすぐ気づいたし、彼女の目にはどんな調度品よりも美しく輝いて見えたのだ。

　ひよりはうっとりと鏡を見つめる。丸っこい指で鏡に触れようとして、慌ててひっこめた。

『触っても構わないわよ』

　静かな女性の声がした。誰か、この鏡の持ち主が側にいるのだろうか。

「でも、ぴかぴかだから、わたしがさわったら汚くなっちゃう」

『ぴかぴか？　面白いことを言うのね』

「うん。あのね、前におまつりでね、りんごあめを食べたんです。そのときのぴかぴかとおんなじだと思う」

『りんごあめ』

「おねえさんは食べたことありますか？　つやつやのぴかぴかで、すごーくきれいなの」

ひよりは縁日の思い出を振り返る。提灯の明かりに照らされたりんごあめは、ずっしりと重たくて、宝石のような光沢を放っていた。

「それでね、あまくて、なかみを食べるとちょっとすっぱいんです。歯を立てるとあめがくっついちゃうけど、ずっとなめてるとね、あまいのが口の中いっぱいに広がって、ゆめみたいにおいしいの」

りんごあめを語るひよりの顔はとろけていて、声の主はくすっと笑う。

『そう。あなたにはそんなふうに見えるのね』

「ここはどこですか？　おねえさんのお家？」

『いいえ、ここはお店。いわくつきの付喪神のたまり場みたいなものだけれどね』

そんなことより、と声は思い直したように言った。

『ねえ、聞いてくれる？　〝私〟のかりそめの姿は、ぴかぴかじゃないの。年月と泥にまみれて、すっかり格を落としてしまったわ』

そこでひよりは気づいた。この声は鏡から発せられている。鏡がひよりに語りかけてきているのだ。

『……でも、そう。ほんとうの姿は、あなたの見ている通り』

凜とした声が続けて言う。

『私がぴかぴかに見えるあなた、他のどんな人間も、年経たあやかしさえも見抜けなかった私の価値を、一目で見抜いた賢いあなた。時が来たら、その丸い心で私を呼びなさい。必ず私は応えましょう』

「丸い心？」

『静謐にして優しく、誠実にして真摯なるその在り方を、丸い心と呼んでいる。得難い心よ。陰陽師の血を引くものであればなおさら。……といっても、あなたにそちらの才能はあまりないようだけれど』

ひよりには難しい言葉だらけだ。首を傾げるひよりに、少しだけ声が柔らかくなった。

『前にもあなたみたいな人がいて、私はその人と約束したの。またその力を持つ者が現れたら、協力してあげるのよって。すごく昔のことだけれど、ええ、今も忘れてはいないのよ』

よく分からなかったけれど、とても真剣な語調なので、ひよりも真面目な顔でこくんと頷いた。

足元がゆわんと揺れて、視界がくらんだ。暑い日に帽子を被らないで遊んでいたときのようだ。ひよりは夢うつつで尋ねる。

「またお話しできる？」

『分からない。次会うとき、私はもうぴかぴかに見えないかもしれない。あなたはここに入ることすらできないかもしれない。……けれど』
声が優しくひよりの鼓膜をくすぐる。
『あなたなら大丈夫。きっとたくさんの人たちが、あなたを助けてくれるから』
さようなら。また会いましょう。
そう言い残し、声はぷつんと途切れた。

ひよりはのろのろとその建物を出た。

「なんのお店だったんだろう」

女性の言葉は難しくて、半分も理解できなかった。ここが何を売っているお店なのかも分からずじまいだ。

それでも、何か大切なことを告げられたことは、何となく頭に残っていて、ひよりは何度も振り返りながら、新しい隠れ場所を探して駆け出す。

いずれまたこの「店」を訪れることになろうとは、つゆほども知らぬまま。

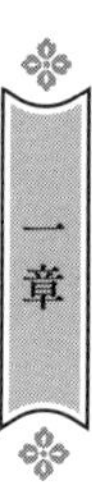

一章

ひよりが越してきた家は、都心から電車とバスを乗り継いで、二時間ほどの場所にある。瀟洒な住宅街と言えば聞こえはいいが、要するに隣接するのが民家でなく大根畑という、大変ルーラルな地域である。

すぐ近くのマンションが、うぐいすの声が聞こえる街、という謳い文句で売り出されていたのを見た時には、物は言いようだと心底思った。

確かにうぐいすやメジロはひっきりなしにやってくるが、それよりも庭で唐突にぽつんとたたずんでいるたぬきやハクビシンを売りに出した方が面白そうなのに、と密かに考えている。

田舎であるぶん、家はとても広い。日本家屋風でありながら、手入れがきちんと施され、大きな蔵まである。

そこには古い家具や着物がたくさん詰め込まれているので、そのうち虫干しをしなければならないが、その手間を補って余りあるほどに、居心地のいい家だった。

それも当然かもしれない。

ここはひよりが昔よく遊びに来ていた大叔母の家で、その時の良い思い出が色濃く残っているのだから。

窓を開け放てば、裏手にある竹林が、春風にさやさやと鳴る音が聞こえてくる。ひよりはある目的のために、軍手をはめてその竹林に出かけ――。

そうして「彼」を見つけたのだった。

ひよりがその青年と出会ったのは、春うららかな竹林の、一番奥に鎮座している大きな井戸の中だった。

「ああ、春のにおいだ」

そう言って瞬きする青年の、形のよい鼻であったり、小さな唇であったり、切れ長の美しい目であったり――そういう一つ一つに見とれていたひよりは、悲鳴を上げ忘れた。

竹林の端に井戸があることは前から知っていた。

既に涸れていて、落ちると危ないからと何枚もの板で封じられていた。一人の時はあまり近づかないようにと大叔母から言われている。

今日に限ってそれに近づいたのは、その井戸から何か音がしたような気がしたからだ。

庭によく紛れ込むたぬきや鳥が、どこからか入り込んで、出られなくなってしまったのかも。そう思って井戸に近づき、厳重に封じられていたはずの板に触れた途端、それががらがらと音を立てて崩れてしまった。

　そしてその中から、書生風の和服をまとった青年が現れた、というわけである。

　私有地の井戸からいきなり現れた美青年。いかにも怪しい。

　けれどひよりは怪しみもせず、刈り取った青竹を握りしめたまま、井戸から這い出てきた青年の顔をじっと見つめた。

　黒く濡れたその瞳に、夢の中のような懐かしさを覚えたのだ。うまく説明できないけれど、まるでとても昔からの知り合いのような、そんな気がした。

　青年の、ぬばたま色に輝く瞳がひよりを見つめ返す。

「ぴぇ」

　美青年に見つめられることに耐性のないひよりが奇声を上げると、青年は少し気分を害したように唇を引き結んだ。

「お前、一応野見山の家に連なる者なのですね。奇妙ななりをしていますが、力はあるのですか」

「力なら任せて下さい。この通り、青竹も一人で切れますからね！」

　切り落とした青竹を誇らしげに掲げてみせると、青年はひよりの返答を無視して、彼女の顔をしげしげと眺めた。

「ぱっとしない娘ですね。とはいえ、お前はこの井戸の封印を破壊してみせた。他の陰陽師の封印を破壊できるのであれば、まったく力がないわけではなさそうだ」

「はあ」

「ずいぶんとまあ間抜けな顔をする。お前、ずっと追いかけていたものが自分の尻尾だったことに気づいた子犬のような顔になっていますよ」

「わあ、それってかわいいですね」

「和んでいる場合か。……ともかく、です。私は七生に話がある。七生の所へ連れて行って下さい。今は西の方との抗争もありますし」

「七生って誰ですか？　それに、西の方との抗争って？」

「そんなもの決まっているでしょう。野見山家を目の敵にしている土御門家が、勝手に仕掛けてきている抗争で……」

言いかけて、青年はハッとしたようにひよりを見た。

「ちょっと待て。お前は野見山七生を知らないのですか？」

「野見山七生は私のひいおじいちゃんですけど、名前しか分からないです……。確か、七十年近く前に戦争で亡くなったそうなので」

青年はぽかんとした表情でひよりを見た。そうすると、青年の美しい顔に、どこか迷子のような寄る辺なさが浮かぶ。

彼の大きな細い手が、戦慄く口元を押さえるように添えられる。

じっと地面を睨みつけたまま、青年は呟いた。

「……そうか。七生は、もうこの世にはいないのですね」

「戦争中に亡くなったと聞いてます。あの、ひいおじいちゃんの古いお知り合いですか？」

「古いお知り合いが井戸の中からひょっこり出てくるものか。少しは警戒心を持ちなさい。お前、名前は」

「ひ、ひよりです。野見山ひより」

「よろしい。七生に比べれば劣るが、お前を主と認めます。契約を結びますが、いいですね」

「契約？　でも……」

「式神は主がいなければ消滅してしまう。お前を害する気はありませんから、安心して私の主になりなさい。……まさか、むざむざ私を消滅させるなどという非情なことは言いませんよね？」

にっこり、と花の咲くような笑み。美しい花には棘があるというが、生憎とひよりはその言葉を思い出すことができなかった。

街を歩けば浄水器の売り込みに引っかかり、電話を受ければ光回線のセールスを真剣に聞いてしまうひよりは、今回もやはり青年の畳みかけるような言葉に頷いてしまった。

小さな頭がこくんと上下するのを見るや否や、青年は厳かな声で唱えた。

「我が名は青磁。野見山家に紐づく式神なれば、野見山に連なる者をあまねく守護せん。
——陰陽道は太山府君の名に基づきて、野見山ひよりを主とする」

そう唱えた瞬間、ひよりの首筋がちりりと熱くなった。慌てて指で触れてみるが、特に変わったところはない。

「式神を使役すると、その陰陽師の首筋にはそのしるしが浮かびます。お前は……椿の花の模様のようですね」

「え、わ、私って、陰陽師になったんですか」

慌てて尋ねると、ひよりの式神はあっさりと肯定した。

「ええ。あるていどの呪力を持ち、式神を使役する者は、一応陰陽師の部類に入ります」

「ひえ……！　お、陰陽師って何をするんですか。私、何にも知らないです！」

「呪力と式神を兼ね備えた陰陽師は、呪術や占いを生業とするものですが……。お前は何もしなくて良いです。ただ私が生きるため、主従関係を結んでくれればよろしい」

そう言われてひよりは少し拍子抜けする。

何もしなくていい、というのは、期待されていないということでもある。陰陽師として、明日からきりきり働けと言われるよりは良いかもしれないけれど。

「主従関係を結ぶだけでいいんですか？」

「ええ。お前の呪力にはあまり期待ができそうにないので」

「呪力ってなんですか」

「呪術や占いを行うのに必要な力です。七生の呪力が空を雄々しく舞う鷹だとすれば、お前の呪力はなめくじといったところですか」

「な、なめくじ……」

「ええ。しかも呪力というのは、訓練で伸びるというものでもありません。その多寡は元々備わっている素質によって左右されます」

「つまり、なめくじは空を飛べるようにはならないってことですね」

「呑み込みが早くて何より。お前を呪術も占いもできる有能な陰陽師にしよう、などとは夢にも思っていませんから、安心なさい」

初対面のわりにずいぶんと居丈高な物言いをする式神である。これで一応ひよりの従者というのだから、式神とは自由ないきものらしい。

「なら、いいんです。期待されても、多分私、応えられないでしょうから」

ひよりはそう言って、少し切なそうに笑った。

青磁はその表情を訝しげに見ていたが、ややあって尋ねた。

「ところでお前、どうして青竹など握りしめているのです」

「ああ、そんなの、決まってるじゃないですか」

ひよりはにんまり笑って言う。

「至高のたけのこご飯を炊くためですよ」

開け放った窓の向こうで、春風が竹林をさやさやと鳴らしている。

かつて野見山七生の生家で、今はひよりの大叔母のものとなっているこの家。青磁という式神によると、昔とほとんど変わっていないということだった。

「家の造りは変わっていませんが、あの蔵は……少し普請しましたか？」

「はい。元々あったのを、おばあちゃんがアトリエにするために改築したみたいです。おばあちゃんは刺しゅうがすごく上手で、何度も賞をもらったって聞いてます。今でもあそこに作品がたくさん残ってるみたいですけど、まだ入ったことはなくって」

「お前の祖母ですか。七生には小さな息子がいましたが、もしかしてその嫁でしょうか」

ひよりが頷くと、青磁は蔵をじっと見つめた。

見えないものを見定めようとするようなその視線に、ひよりは小首を傾げる。

「もしかして、青磁さんには何か見えているんですか？」

「ええ。お前の祖母は、七生やお前に比べて、大した呪力を持たなかったようですね。ですが、ほんの僅かでも呪力を帯びた糸の群れは、悪いものを退ける役目を果たしている。結界とまではいかずとも、十分にこの家の守護を果たしていますよ」

「それは、おばあちゃんも陰陽師の力を持っていたってことですか？」

「違うと思います。糸に込められた呪力が弱すぎる。陰陽師であれば、もっと強い呪力でもって、明確な目的のもとに針を刺すでしょうから」

じゅりょく、と耳慣れない言葉を口の中で繰り返してみる。

青磁の言葉を総合して考えると、呪力とやらが備わっていて、式神を使役する人間は、陰陽師になるのだという。

そう言われても、ひよりには、自分が何か特別な力を持っているという自覚はまるでない。

昔から霊感と呼ばれるものもなかったし、勘が働くということもなかった。不思議なものが見えたり、超能力があったり、人の心が読めるということも、もちろん、ない。

だから、今日から陰陽師であると言われても全くぴんときていない。そもそも式神というものだって初めて見るのだ。

ひよりは失礼にならないように、横目でじろじろと青磁を観察した。

見た感じは普通の美青年と変わらない。式神というものが何なのか、ひよりは全く分からなかったが、悪いものではないということは本能的に理解していた。

これが陰陽師としての直感か、と思いたいところだが、基本的にひよりの悪人センサーは機能していない。お人よしの彼女は、誰でも良い人だと思ってしまいがちなのだ。

しかも、本人は盗み見ているつもりなのだろうが、ちっとも視線をごまかせていない。

青磁はため息をつく。

「何と言えばいいか……。我ながら不思議です。なぜお前のようないかにも鈍感そうな娘を主にしようと思ったのか」

「そうしないと青磁さんが消えちゃうから、ですよね？」

「それはそうですが、式神だって主の好みくらいあるのですよ」

「はあ。ご期待に沿えず、すみません……？」

「式神に軽々に頭を下げない。期待はしませんが、せめて主らしく堂々と大胆に、けれど謙虚に慎ましやかな振る舞いを心がけて下さい」

「注文が多いなあ」

ひよりは青磁に先立って、勝手口から台所に入る。

「お前、その青竹でたけのこご飯を炊くと言いましたが、なぜそんな頓狂なことを思いついたのです」

「この台所から、竹林が見えるでしょう。春風がふわっと舞い込んで、ああ春だなあ、たけのこご飯のシーズンだなあ――と思っていたら体が勝手に竹やぶのほうに」

「よく分かりました。春で頭が茹だってしまったのですね」

「でも考えてみて下さい。掘りたての旬まっ盛りなたけのこを、ふんだんに使った上に、竹の器で炊くたけのこご飯ですよ！　絶対美味しいに決まってます！　何と言っても青竹ですから、水分たっぷりでジューシーで！　香りも良さそう！」

ふんふんと鼻息荒く青竹を撫でるひより。

青磁はそれを珍獣でも見るような目で見ている。

「今確信しましたよ。お前は間違いなく七生の血縁者です。あれもずいぶん食い道楽だった」

そう言って青年は、ひよりの手から青竹をぱっと取り上げた。

「貸しなさい。私がやりましょう」

「あ、でも……悪いです」

「私はお前の式神ですからね。使用人として使っても構いません」

「そっか、私が使役？　してるんですもんね。でも、その対価って何ですか？　お、お金とかなら、私払えないかもしれないです」

「意外と律義なのですね。私とお前は対等ではありません。お前が一方的に私を使役するのです。対価は不要」

ひよりは青磁の言葉を理解しようと頑張ってみる。

しかし、いきなり現れた美青年を一方的に使役しろと言われても困る。第一使いどころが分からない。

「えっと、その場合、あなたにメリットがありませんよね」

「いえ、ありますよ。さっきも言ったように、陰陽師と契約していない式神は形をとどめていられません。それに私が式神をやっているのは、ある願いを叶えるためですから」

そう言って青磁は青竹を空中に放った。

白い指先が蝶のようにひらめく。風がさやかに頬を撫ぜ、一瞬のまたたきの後にからんという乾いた音。

「わあ……！」

ひよりの目が輝く。青磁の手の中には、まさにこのくらいの大きさ、と彼女が思っていたサイズに切られた竹があったからだ。

小さなひよりの手でも握れるていどの太さで、おまけに蓋が切り取られている。あとは米と具材を詰めて火にかけるだけ。

「すごい、式神パワーってこんなこともできるんですね！」

「私ほどの式神ともなれば、大抵のことはできますよ。……今、何か邪なことを考えませんでしたか？」

「え？　ああいえ、客間の障子の張り替えとか、客用お風呂のカビ取りとか蔵の虫干しとか、そういうのもやってくれるのかなあと思ってました」

「悪だくみに向かない娘ですね」

「向いてるよりはいいんじゃないですかね」

ちょうどいい入れ物を手に入れたひよりはご機嫌だ。下ごしらえしておいたたけのこを手に、いそいそと調理にとりかかる。

料理をしない青磁は手持ち無沙汰になり、居間に移動して、部屋の隅にある低い箪笥の上に飾られた写真をじっくりと眺めていた。

丁寧に埃の払われた写真立ての群れを、一つ一つ指でなぞる。

野見山家の人々は誰も皆、人が良さそうな表情をしている。

青磁は、先ほど主になったばかりの少女の顔を思い浮かべる。

小柄で華奢な体。お月様みたいに丸くて小さな、ぽやっとした顔をしている。

黒目がちの目は小動物に近くて、こまごまと動く様子はほんとうにリスみたいだと思う。害がない。むしろ悪意を持った者に狙われる側だろう。

ともあれ、自分が井戸にいる間も、野見山の人間がつつがなく過ごしていたというのは朗報だが、ならば自分はなんのためにいるのだろうと、青磁は束の間苦い虚無感を味わった。

七生の写真は見当たらない。考えてみれば、七十年前に早世した青年の写真を飾る理由は、あまりないように思える。

「……おや」

しかし、七生の写真は、あった。

写真スペースの端のほう、日に焼けて白茶けてしまったその一葉。迎えたばかりの妻と並んで、硬い表情で写っている。

精悍な顔立ち、とはお世辞にも言えまい。細面で、けれど眉毛と目の間が離れているせいで、どこか愛嬌のある顔になっている。

「この顔で、不退転の覚悟を叫ぶのですから、まったく手に負えませんね」

青磁の脳裏を、別れ際の言葉がよぎる。

『青磁。お前はここで、俺のいない間この家を守っていてくれ』

『ですが、今から前線に向かうのでしょう。ならば私も』

『だめだ。青磁、言うことを聞けないのならば、お前をここに封じていくしかない』

『馬鹿なことを。お前にそんな真似ができますか。……七生？』

『ここは譲らない。お前を戦場になんて行かせるもんか、お前は野見山家の、俺の、式神だろう』

『やめなさい、何を……！　七生、七生！』

蘇る記憶に顔をしかめ、何度か首を振って追い払う。

井戸の中に封じられていた間、式神としての力は弱まることがなかった。主である七生が死してなお。野見山の一族と、この土地が青磁をつなぎ止めていたのだろう。

あるいは七生が、なにか企てていたか。

「ありゃ、青磁さんここにいた」

ひょっこりと顔を出したひよりが、青磁の視線の先にあるものを見て、照れくさそうに笑う。

「そこ、すごいでしょう。ご先祖さまたちの写真を、全部引っ張り出して並べちゃったんです。この家で一人だとどうにも広すぎて、気づまりで」

「この家に一人？　お前ほどの年齢ならば、まだ家族と住んでいるものでは？」

「そうですね。高校二年生なら、普通は実家から通います。あ、高校二年生ってつまり、十六歳ってことなんですけど」

頷く青磁に、ひよりは続けて説明した。

「私、春から別の高校に行く予定なんです。それで実家を離れて、転校する高校に近いこの家で、大叔母と一緒に住むことになったんですけど……。叔母さん、腰の怪我で入院することになっちゃって。それで急ですけど一人暮らしすることに」

　そう言うひよりの表情はどこかぎこちない。初めて見た時の柔らかさが消え、どこかよそよそしさを感じさせる。

「転校っていうより、逃げてきたみたいなものだから……。だから、一人になってちょっとほっとしてるっていうか、自分に向き合う時間ができたと思って、前向きに頑張ろうと思ってるんですけどね」

　青磁が何か言う前に、ひよりが、そうだ、と明るい声を上げた。

「そうそう、青磁さんを呼びに来たんだった。ご飯ができましたよ」

　式神は小鳥のように小首を傾げた。

「ご飯、ですか」

　にこにこと笑いながら、居間の大きなテーブルに料理を並べてゆくひより。先ほどのぎこちなさは消えうせ、鼻歌でも歌いだしそうなほど上機嫌だ。

青磁は自分の前に置かれた皿を見、少し困惑したような表情を浮かべている。

「式神は食事をとらないのですから、別に私の分まで用意しなくてもいいのですよ」

「私の気分みたいなものですから。すみませんがつきあって下さい」

そう言ってひよりは食卓に並んだメニューを紹介する。

「たけのこの土佐煮に、磯辺揚げに、かかまぶしですっ！　そしてメインはこちらの、たけのこご飯！」

醤油の少し焦げたような香りと共に、竹の爽やかなにおいが鼻をくすぐる。

切った青竹を器代わりに盛られているのは、きつね色のたけのこご飯。青竹に詰めて直火で炊いたおかげで、竹のえも言われぬよい香りが漂っている。

大きめに切られたたけのこと、くったりした油揚げとにんじんの取り合わせが、春めいて綺麗だ。

半ば涎を垂らしながら、ひよりが箸を手に取る。

「いただきます！」

まずはたけのこご飯から。大きめに切ったたけのこが、口の中でジャクジャクと爽やかな音を立てる。醤油の焦げた香りと、油揚げのまろやかな味わいがじゅんわりと染みてきて、ひよりは思わず犬のように唸った。

「おい、しい……！　ああもうたけのこってどうしてこんなに美味しいんでしょうね？

このかかまぶしも、おかかのしょっぱさとたけのこの甘みが絶妙で！」

「はあ」

青磁は主に気圧されるように箸を取り、たけのこを一つ口に入れた。

ひよりはどきどきしながらその表情をうかがうが、白い陶器のようなかんばせには、何の変化もなかった。

式神はただ少し口元を押さえ――ほうっと、ため息をついた。

「お、お口に合わなかったですか？」

「そんなことはありませんよ。この歯ごたえはいい。香りも春らしくて趣があります」

「春といえば、そらまめなんかもいいですよねえ。焼いたやつを、あちち、って言いながら剝いてると、生きてて良かったって思いますもん」

その言葉に青磁は、ふ、と笑う。

「あ、今ちょっと馬鹿にしませんでした？」

「まさか。つくづく七生の子孫だな、と思ったまでです。ところでお前、高校……と言っていましたが、お前は日中学業のために家を空けるということですよね」

「はい。昼間は留守にしていますね」

「ならばその間、この家の一間を使ってもいいでしょうか」

「もちろんです。どうせ余ってますし」

もぎゅもぎゅと土佐煮を頬張(ほおば)りながら、でも、とひよりが尋(たず)ねる。

「何をするんですか？」

「縁切(えんき)り屋を再開します」

「縁切り屋？　それは陰陽師(おんみょうじ)と何か関係のある仕事なんでしょうか」

初めて聞く言葉だ。怪訝(けげん)そうに首を傾げるひよりに、青磁が簡潔に答えた。

「式神の縁を切る稼業(かぎょう)です。陰陽師とは関係なく、私が独自でやっているものです」

ついばむていどに食事をとっていた青磁だったが、ややあって箸を置く。

「ええ、これならちょうどいい」

「ちょうどいい、とは」

「このたけのこご飯をもう一度炊きましょう。そしてそれを赤い布で包んで下さい」

背筋を凜(りん)と伸(の)ばした青磁は、宣言した。

「これより土地神さまに挨拶(あいさつ)に参ります」

はあ、と間の抜(ぬ)けた返事をしたひよりは、土佐煮をごくんと飲み込んで一言。

「食べ終わってからでもいいです？」

竹の器に詰めたたけのこご飯を、言われた通りに赤い布で包む。青磁はそれを見ると軽く頷き、勝手知ったる様子で野見山家の門を出た。

風は生ぬるく土のにおいを含み、花の盛りを告げている。青磁はすっかり変わった周りの様子に驚いていたが、その足取りに迷いはなかった。

青磁が向かっているのは、ひよりが普段あまり行かない、駅から離れた方角だった。すたすたと勢いよく進む青磁の足は、洋風の茶色いブーツに包まれている。書生風の出で立ちといい、戦前というよりは、明治時代を彷彿させる。

「式神っていうのは、もっと陰陽師みたいな格好をしているものかと思いましたよ」

「主と同じ格好では示しがつかないでしょう。それに、あのなりで外を出歩くと目立つ」

ひよりは頭のどこかで、青磁のことを幻ではないかと思っていた。

けれど、チワワを散歩させていた妙齢のご婦人が、青磁の整った顔をじっと見つめ、通り過ぎてもなおその後頭部を眺め回していたところを見ると、この式神は他の人間にもしっかり見えているようだ。

通りすがりの女性のほとんどは、青磁の顔をちらちらと振り返っている。それは、青磁の格好が書生風だからという理由だけではないだろう。

何しろ彼の顔は恐ろしく整っている。玲瓏たるかんばせに流れるような所作、時折憂いを帯びて伏せられる眼差しを、すくいあげてこちらに向かせたいと思う者は多いのではないか。

「式神って誰にでも見えるんですね」

「誰にでもというわけではありません。多少なりとも呪力を備えている人間でなければ、式神の存在に気づくことは難しい。……ですがまあ、私ほどの式神であれば、力のない人間にも見えるのですよ」

どこか得意げな様子の青磁に、ひよりは感心したような声を上げた。

「へえ、青磁さんはすごい式神なんですね！」

「まあ、すごいのは私というより、私の中に宿る付喪神のおかげなんですけどね」

そう言って青磁は急に右に曲がった。そこに曲がり角があるとは思わなかったひよりは、慌てて彼の後ろについて行く。

こんな道あったっけ、と思いながら、やけに大きな白い花の咲き誇っている民家の前を通り過ぎる。

見上げると、心なしか空がピンクがかっているように見えて、何度も目をこすった。

やがて唐突に大きな道に出る。

そこには路面電車の線路らしきものがあり、さらにその奥には、石造りの階段があった。

並ぶ民家は静まりかえり、鳥の気配さえない。

「こんなところあったんですね。っていうかこの辺って、路面電車なんてありましたっけ？」

「さあ？　ここの主の趣味でしょう」

言いながら青磁は石造りの階段をひょいひょいと上ってゆく。結構急な階段で、ひよりは懸命に青磁のあとをついて行った。

沈丁花の香りがふわりと漂ってくる。胸をかきむしられるような、正体の分からない懐かしさがつんと鼻筋をかすめる。

石段を上り切ると、大樹の合間に隠されるようにしてそびえる鳥居がある。やけに大きく見えるその鳥居の端を通ってくぐり抜けると、見たこともない神社にたどり着いた。

喉を通って肺に染み込む、清廉な空気。

「……ここは」

「土地神さまのおわす場所です」

「そうとも。俺の自宅へようこそ」

柔らかな声が後ろから響いてきて、ひよりは文字通り飛び上がった。

「うわあっ」

「また間の抜けた小娘だね。青磁、主は選べよ」

さらりと酷いことを言うその人は、流れるような銀糸の髪を持つ青年だった。真っ白なかんばせに整った目鼻立ち、そうして爛々と赤く輝く異形の瞳。

青磁よりも少し大きいその体軀を、白いスラックスに黒いシャツ、そして長い白衣のような上着に包んだその男は、モデルと言っても通用するような出で立ちだった。

「石蕗」

青磁がその名を口にすると、男は嬉しそうに笑った。

「ああ、名前を忘れないでいてくれたのは嬉しいな」

「あなたのような悪辣な土地神を忘れるわけがないでしょう。このごうつくばりが」

「無粋ものめ。久しぶりの再会を言祝ぐ言葉も持ち合わせていないのか」

「私の力は全て断ち切ることへ注ぐと決めている。祝祭はあなたの領分でしょう」

「あっはは、そう言われちゃあ反論できんな。ま、押し問答はここまでにしよう。お前の小娘が情報を処理しきれていない」

ひよりは突然現れた顔の良い男を、ただぼうっと見つめることしかできない。

それに、今青磁はなんと言った？　土地神、だって？

「俺は石蕗。この土地を司るもの。神と名はついているが、君たちの言葉で言う精霊のようなものだ。力が強い精霊は、人間にとってはほとんど神のようなものだろうからな」

「精霊……この土地を守っている、とかですか？」

「そうなる。それにしたって青磁の主はどうしてこう皆間の抜けた顔をしているんだ？　目の前でからすに餌を横取りされたアヒルのようじゃないか？」

「えっと、多分、血筋だと思います」

「間が抜けていると言われても怒らない辺り、筋金入りだな。好戦的なのよりはよほどいいが、せいぜい気張れよ小娘。青磁の主は大変だぞ」

「大変なんですか？」

「分不相応な願いを抱いているからね、こいつ」

願い。そう言えば、ひよりの式神をやるのも、叶えたい願いがあるからとか言っていたような気がする。

「その願いってなんですか？」

「叶ったら教えてあげますよ。それより石蕗。また縁切り屋をやろうかと思うのですが」

「まあそうなるだろうな。お前の持つ、断ち切りばさみの宿命には抗えまい。いいだろう、耳の早い連中に伝えておいてやる」

「助かります」

「あ、あの、縁切り屋って具体的には何をするんでしょう。式神の縁を切るって……人間の縁じゃなくって？」

尋ねると青磁がすらすらと答えてくれた。

「式神は使役する人間――陰陽師と契約関係を結びます。それは双方の合意があってなされる契約ですが、稀に双方の意思に食い違いが生じたり、何らかの問題が起こったりして、その契約関係を破棄したいと願う陰陽師や式神がいます」

「技術的に問題が起こる場合もある。へっぽこ陰陽師が、切れない契約関係を結んじまったり、誤って違う奴を式神にしちまったりとかな」

「そういった過ちの尻ぬぐいは御免被りたいところですが……。ともかく、私は縁切りの力をもって、それにあたるのです」

ふんふんと頷くひより。

「じゃあ、人の縁は切らないってことですね」

「そもそも、人間の縁は式神ていどには切れないのさ。俺だって切れるかどうか怪しい。もっと高位の神じゃなけりゃだめだろうな」

「どうしてですか？」

「人間の縁は複雑すぎるからだよ。式神と人は双方向の契約関係、いわば一本道だが、人間の縁は蜘蛛の巣のように広がっているからな。どこかを断てばどこかにほころびが出、その人間の人生を狂わせるかもしれない」

神仏には明るくないひよりだが、縁切り神社に行くときは相応の覚悟を持って臨んだ方がいい、ということくらいは耳にしていた。そういうことなのかと得心する。

「ざっくり言うと、陰陽師と式神の縁を断ち切ることが、青磁さんの願いを叶えるために必要なことなんですね？」

「その通りだ。それを出しゃばってるとか、生意気だとかいう陰陽師もいるがな」

「一言多いぞ、石蕗。それに、そういうちゃもんをつけてきたのは、ほんの一握りですよ」

そう言って青磁は、安心させるようにひよりを見た。

「大丈夫、お前に危害が及ぶことはありません。安心して主面していなさい」

「主面ですか……。こ、こんな感じですか？」

ひよりは自分の中で一番偉そうな顔をしてみる。けれどそれは傍から見ればくしゃみを我慢しているポメラニアンのような顔にしか見えず、石蕗と青磁は同時に噴き出した。

「わ、笑うことないじゃないですかあ！」

「失礼。ふっ、くくく……」

「こら石蕗。人の主を笑うんじゃない。それは式神の私の特権ですよ」

「こんな面白い主を独り占めするのはずるいだろう」

笑いを残した顔のまま、石蕗はひよりの方に手を伸ばす。

冷たい指先が触れたのはひよりの首筋。白い肌の上にうっすらと刻まれた、赤い椿の模様を撫でる。

それは青磁が、ひよりを主と決めた印だった。

「椿の花か。確か前の主は桜だったか？」

「そうでしたか。覚えていません」

硬い声の返答。嘘だな、とひよりは思う。きっと彼は覚えている。

そうでなければ、初めて出会ったあのときに、あれほど七生を捜そうとするはずがない。あんな、置いて行かれた子どものような顔をするはずがないのだ。

そうか、と言ってほんの少し悲しげに微笑んだ石蕗は、ひよりの頭をぽんぽんと撫でる。

「困ったことがあれば頼るといい。ただし対価は貰うけどね。今日のところは、縁切り屋再開の宣伝料として、その包みの中のものを頂こうか？」

「たいしたものじゃないんです。たけのこご飯なんですけど」

「いや、いいものだよ。しかも青竹の器とは風雅じゃないか？　俺好みだ」

ひよりが差し出した赤い包みをふわりと開けた石蕗は、そのままそれを赤い包みもろとも、ぞぶりと腹に押し込んだ。

「えっ」

それは神様の食事作法らしかった。へその辺りから、赤い布をつまみあげ、ひらりと払った石蕗は、満足げな笑みを浮かべている。

食べるというよりは、吸収する、といった感じだろうか。青竹の器に込められた春の気配ごと、そっくり取り込んでしまった。

それを見てひよりは悟る。美しい人間の男性にしか見えない石蕗は、人間とは違う存在なのだと。そして、そんな存在と言葉を交わしていることに、今更ながらびっくりしていた。表情はあまり変わらないけれど。

「やあ、これはいい。楽しさに溢れている。春の喜びに満ちている。人の営為がふんだんに溢れた、とびきりの対価だな」

そう言って土地神さまは、布をひよりに返すと、はふうと軽い息を吐く。するとその拍子に木々がこずえを揺らし、木蓮の花弁がほとりと地面に落ちた。

ほてほてと進むひよりの歩調に合わせるかたちで、二人は家に戻った。

今日は色々なことが起こりすぎた。陰陽師、式神、土地神。自分の知らなかった世界から、色んなものが一気にひよりの懐に飛び込んできたような感じがする。

——それとも、ひよりが未知の世界に飛び込んだと言った方が正しいのだろうか。あの井戸を開けた時から、目の前の景色はもういつもと違っている。

怖い気持ちも、もちろんある。けれど、これからどうなるんだろうという期待の気持ちも、ないわけではない。

そんな気持ちになったのは、ここ半年の中でも久しぶりだった。ここのところのひよりは、いつも怯えておどおどしていたから。

それはきっとこの青磁という式神のおかげだろう。陰陽師と式神という関係性ゆえか、ひよりは青磁が決して自分を傷つけないことを理解していた。

「ねえ、青磁さん。青磁さんの叶えたい願いって、何ですか」

「教えません。主が誰であろうと、私はこの願いを伝えるつもりはないです」

「そう……ですか。でも、その願いを叶えるお手伝いをすることは、良いですよね」

その言葉を青磁は鼻で笑う。

十六歳かそこらの小娘。彼女の曾祖父のような呪力も知識も持たず、陰陽道についても全く知らないただの人間。

「お前に何ができると言うのです。式神がどんなものかも知らないくせに」

「知らなくても、できることはあると思うんです。ほら私、一応主ですし」

「主はただそこにいればいいんですよ。余計なことはしないで下さい」

「足を引っ張らないようにしますから！」

いやに食い下がるひよりに、青磁は怪訝そうな顔をする。ともすれば不機嫌ともとれる顔で、切り捨てるように言った。

「お前の手伝いはいりません。私を家から追い出さないでいてくれれば、それでいい」

「追い出したりなんてしませんよ。ちゃんとお手伝いできますから」

ひよりの薄茶色の瞳に浮かぶのは、紛れもない本気で、戯れに口にした言葉ではないようだった。

「青磁さんの願いを叶えるための縁切り――私に、手伝わせて下さい」

そうして青磁の主は頭を下げた。

「お願いします……！　呪力も大したことない私に、できることが少ないのは分かってます。それでも私にできることがあれば、なんでもしますから」

青磁は比較的尊大な物言いをする式神だが、主に頭を下げられるのに慣れているわけではない。慌ててひよりの肩を掴んで前を向かせる。

「私に頭を下げるのはやめなさい。……なぜそこまで私を手伝おうとするのです」

「だって私、今度こそ、役に立ちたいんです。何にもできなくて、ただ見ているだけなんて、もう嫌だ」

「今度こそ？」

ひよりははっとした表情になる。それから、しどろもどろになりながら言った。

「えっと、ほら、私も高校二年生になったわけですし……。去年の自分よりは成長していたいというか……。と、ともかく！　青磁さんの役に立ちたいんです」

青磁はしばらくひよりを怪訝そうに見ていたが、やがて白旗代わりのため息をついた。

「分かりましたよ。お前に何ができるか分かりませんが、必要があれば、手伝いをお願いすることにしましょう」

「ほ、ほんとうですか！　良かった……。これから縁切り、頑張りましょうね！」

ひよりはぱあっと晴れやかな笑みを浮かべた。

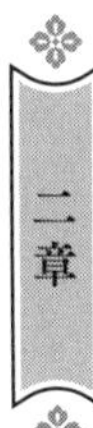

二章

既にほとんど散ってしまった桜の花弁が、道で吹きだまっている。

新しい高校の制服はセーラー服だ。スカーフの結び方にちょっとしたコツがあるらしく、自分のスカーフだけちょこんと曲がっているのが、いかにも転校生らしくて、ひよりは嫌だった。

ひよりは高校二年の学年に転入する。新学期からの転校だけれど、三年間クラスが変わらないので、教室の人間関係は完全に出来上がってしまっている。新参者の入る余地はないように見えた。

それでもひよりは隣の席の生徒に話しかけてみる。

「ねえねえ、さっき言ってた英語の宿題、ラジオ講座を聞いてって言ってたけど、それって……」

「あー、そういうの全部委員長が教えてくれるって」

「あ、そ、そうなんだ？　委員長さんって……」

「今いないっぽい」

そう言うと隣の生徒は立ち上がり、自分のグループの方へ行ってしまった。

ひよりは思わず椅子から腰を上げて後を追いそうになったが、思い直して席に座る。

だって前の学校では失敗した。クラス全員がとげとげしくて、常に戦場みたいだった。

だから今回は慎重に人間関係を築かなければと思うけれど――。

どう過ごしたら正解なのかが分からない。何と言えばつまはじきにされないのか、用語集のようなものがあるのならば教えてほしい。


そんなひよりに話しかけてくる生徒は、今日もいなかった。

「ただぁーいまー……」
疲労感の漂う挨拶をしながら、青いトルコタイルを敷き詰めた玄関で靴を脱いでいると、家の中からいつもと少し違う気配を感じた。
花に似た香りも漂っている。青磁が始めた、縁切り屋とやらの客だろうか。
果たして居間のすぐ横の部屋には、正座している青磁と、その前に座る二人の少女の姿があった。

彼女たちは長い黒髪を白い紙で留め、ブレザーの制服をまとっていた。見覚えがないから、この辺りの学校ではないのだろう。白い靴下の足裏には染み一つなく、それが二人の几帳面な性格をうかがわせた。

特に会話に交ざるつもりはなかったのだが、青磁が、

「あれが私の主です」

と紹介するので、ひよりは室内に入ってぺこりと頭を下げた。

二人の少女は目を輝かせ、

「あなた様が、こちらの式神のご主人様でいらっしゃるのですね！」

「いらっしゃるのですね！」

美しいユニゾン。ひよりは慌てて、青磁の横に正座する。

強い意志を感じさせる太い眉。きりりと引き結ばれた薄い唇。ふっくらと丸い頬が、緊張のためかほんの僅か赤らんでいて、かわいらしい。

同じ顔が二つ並んでいる様は、どこかひな人形のような印象を与えた。

「私たちは小関姉妹と申しまする。小関家に名を連ねる陰陽師の端くれなれば、どうぞお見知りおきのほどを」

「お見知りおきのほどを」

双子はちんまりとした指を畳について、深々とお辞儀をした。かえってひよりの方が慌

てしまう。

「しかしあなた様の式神はご立派ですね。人型をしていらっしゃるし、特別な術を使わずとも、常人に見えるほど格が高い。何より縁切りという素晴らしい権能をお持ちだ。代々伝わる式神なのですか？」

「そ、そのようです……」

「羨ましい。私たちも早くあなた様の式神のような、能力の高い式神を持ちたいものです！」

褒めちぎられて、まんざらでもなさそうな青磁が、今までの会話を簡単に説明してくれた。

「用件は既に二人から聞いています。なんでも、式神を取り違えてしまったのだそうで」

「取り違えた？」

「そうなのです。未熟者ゆえ、恥も知らずにつまびらかにお話しさせていただきますが、先日私たちは、この赤べこを式神とすべく、術式を展開しました」

そう言って二人は懐から、小さな赤べこの人形を取り出す。

畳の上でゆらん、ゆらんと首を揺らして存在感を示す赤べこ。

だが片方の赤べこは真っ白だった。

「赤べこという名ですが、片方は白いものにしました。妹は白を好みますので」

「姉の式神と並べると、紅白の取り合わせが、何とも言えずおめでたいでしょう」

「ですが、私は赤色がいい」

「そして、私は白色がいい」

「だというのに、私が白べこの主となってしまっている！」

「とくれば私も、赤べこの主になってしまっているということ！」

「これではだめです。いけません。私は赤、妹は白、これは絶対の決まりなのです」

「決まりを破ってしまっては小関家の将来にも関わる。……しかし、未熟者の術ゆえか、契約を解除しようと思ってもできず」

「ゆえに縁切り屋の青磁殿に、縁切りをお願いしようと思った所存であります」

畳みかけるような姉妹の言葉を、懸命に頭の中で整理するひより。

「えっと……主は違うけど、並べれば同じ紅白だからいいよね、っていう解釈とかは」

「ありえません！　私は赤がよいのです！」

「そして私は白が！」

「は、はいっ！　すみません！」

「しかし斬新なご意見、感謝します。仰る通り、並べれば紅白になることに変わりはない」

「どうやらあなた様は、木よりも森を見、全体の調和を重んじる方のようだ。私たちも早くその域に達したいものです」

どうやらこの姉妹は、青磁とその主であるひよりを、若干憧れの目で見ているふしがある。青磁の力は本物だろうが、ひよりは主としては無能もいいところ。

そもそも、陰陽師だの式神だのという言葉を知ったのだって、つい最近のことなのだ。

だから、縁切り屋を手伝うとは言ったものの、どうすれば青磁の助けになるのか——というよりもはや、どう反応すれば青磁に迷惑をかけないのか、皆目見当がつかない。

その状態を見かねたのだろう、青磁が会話を先導してくれた。

「陰陽師が式神を従えるには、三つのやり方があります。一つ目は、もともといる精霊やあやかしを調伏し、己の指示に従うよう契約を結ぶ方法。そして二つ目は、触媒を元として、一から式神を作り上げる方法。三つ目は、既に調伏された式神を買い取り、契約を結ぶ方法」

「ふむふむ」

「彼女たちは二つ目——一から式神を作り上げる方法を選びました。赤べこと白べこで式神を作る。だがそこで、取り違えが発生してしまった」

「それが解除できないから、青磁さんが縁を切って、いったん仕切り直しにするってことですね。理解しました」

「よろしい。では仕事にかかりましょう」

そう宣言した青磁が懐に手を入れた。

出てきたのは小さな糸切りばさみ。和裁に使う、今ではあまりお目にかかれない代物だ。

持ち手のところに小さな鈴が結わえ付けられていて、りん、と微かな音を立てる。

「断ち切ることこそ我が力。悪しき縁、悪きものを繋ぐ全てを一閃のもとに伏し、快刀乱麻に縁を切る」

糸切りばさみがぐんと大きくなった。刃先が青磁の肩に届くまでに巨大化したそれからは、何か神聖な、不可侵の気配が漂っている。

あれに触れれば、切られてしまう——。

氷山の鋭さ、絶海の無慈悲さにも似て、たやすく彼岸に連れて行かれそうな気配が、そのはさみにはあった。

小関姉妹もそれを感じ取ったのだろう。ハッと息を呑む音がシンクロした。

「やはり、凄まじい権能です」

「しかしあれほどの威力があるのなら、私たちの式神なぞ、たやすく吹き飛んでしまわないでしょうか？」

ちっぽけな赤べこと白べこも、心なしか首をひっきりなしに上下させて、うろたえている（ように見える）。

「その縁を見せよ。式神よ」

青磁の言葉に応じ、赤べこたちの背中から細い糸がゆるりと現れる。それは酔っ払いのようにぐねぐねと揺らぎながら、小関姉妹の手に吸い込まれていった。

姉が白べこ、妹が赤べこに繋がっているはずだが、何しろ同じ顔なので分からない。

ただ、会話を主導していた方に白べこの糸が繋がっていたので、恐らく双子の説明通りの状態になっているのだろう。

青磁はそれを一瞥すると、糸切りばさみをぐるんと回し、その切っ先を赤い糸に近づけた。ぎらりと光る刃先に、ひよりは思わず叫んでしまう。

「あっ青磁さん、畳取り換えたばかりだそうなので、傷つけないように気をつけていただけるとありがたいです！」

式神は、のんきな主をきろりと睨んだ。

「畳の心配とは、大物ですね」

そうして青磁は、しゃきん、と音を立てて糸を切った。

はらりと落ちる縁の糸。

赤べこと白べこはがくりと頭を垂らしたきり、動かなくなってしまった。

青磁はその糸の先を持つと、双子に渡した。糸を交差させ、姉に赤べこが、妹に白べこが行くようにする。

「縁切り屋再開第一号のお客様、ということで——。こちらはおまけです」

赤い糸がじわじわと姉妹の体に染み込んでゆく。

その温かな光に、ひよりはほうっとみとれた。

「あ……。私たちの、式神が！」

「姉さまは赤に、私は白に、繋がりました！」

赤べこと白べこが、元通りこっくりこっくり首を動かし始めた。

『嬉しゅうございますな』

『ええ、とても』

その声は赤べこたちから聞こえてきたようだった。姉妹は歓声を上げて、それぞれの式神を手のひらに抱き上げる。

『この色がいい、と言って下さる主はそういない』

『わざわざ縁切り屋まで足を運び、縁を結び直そうとされる主も、なかなかおりませんぞ』

『得難い主じゃ』

『ああ。我ら式神、お二方に末永くお仕え致しまする』

「ええ、私たちも」

「一層修行に励みましょう！」

赤べこたちも、小関姉妹も、嬉しそうに互いを見つめている。

その様にひよりも思わず嬉しくなって、はさみを懐にしまいこんでいる青磁の横に立った。

「すごいですね青磁さん！　あのはさみ、大きくなったり小さくなったりして、それで縁の糸をぷつんって！　すごいすごい！」

「五歳児のような感想、どうもありがとうございます」

　と言いつつ、青磁もまんざらではなさそうに、喜ぶ少女たちを見つめている。

「青磁さんは、縁を繋ぐこともできるんですか」

「いいえ。あれは切ってすぐだったことと、次の主が確定していたからできたことです。私ほどの力を持つ式神であれば、誰でもできると思いますよ」

「そうですか？　優しくないと、できないですよ」

「……再開してすぐのお客様だから、少し手厚くもてなしただけです。他意はない」

　ひよりはにまにま笑いながら、青磁の顔を覗き込もうとする。ひょい、とかわされるのを、すかさず回り込んでみる。

　いつも通りの無表情ではある。けれどひよりの目は、青磁の白い耳が、ほんの僅か赤らんでいるのを見逃さない。

　いきなりひよりの前に現れた式神、青磁。

　かつて曾祖父に仕えていて、毒舌で、大きなはさみを自在に操る式神。

　その中身は――案外人情味あふれるものなのかもしれない。

「青磁さんは、いいひとですね」

　そう言ってひよりはにんまり笑った。

「お疲れ様の紅茶を淹れましょう」

青磁はどこか手持ち無沙汰な様子で、テーブルの上に広げられた食器を見ている。

ひよりはゆったりとした手つきで茶葉をすくい、大きなポットの中に二杯入れる。そして高い位置から勢いよく電気ケトルのお湯を注いだ。

小関姉妹は既に帰っていて、居間にいるのは青磁とひよりだけだ。時刻は八時で、ティータイムというよりは夕飯時に近い。

「……あの、別に私は」

「まあまあ。私、色々とどんくさいんですが、紅茶を淹れるのだけは褒められるんです」

ポットの上に、真っ赤なティーコゼーを被せると、優美な手つきで砂時計をひっくり返す。白くて小さいひな人形のような指先が、今だけはよどみなくなめらかに動いている。

白磁のシンプルなカップには、なみなみとお湯が注がれていた。シュガーポットもミルクピッチャーも、揃いの青いアラベスク模様が入っていて、ひよりの手に馴染んでいる。

「なるほど。道具たちも慣れていますね」

「慣れている？」

「お前の次の動きを待っています。訓練された犬のようだ」

ふふっと笑ってひよりは、砂時計をじっと見つめる。青磁もまた落ちてゆく金色の砂に視線を合わせた。

　時間は不可逆だ。戻らない。戻れない。七生のいた頃には。

　青磁は顔を上げる。ひよりは過ぎる時間を慈しむように、ティーコゼーの微かなほつれを指先でいじっている。ふさふさと生えたまつ毛が、まろい頬に微かな影を落としていた。

「紅茶を淹れたり、何か煮込んだり、茶渋を取るために、コップを漂白剤に浸けたりしてるときが好きなんですよね、私」

「お前はぼーっとするのが上手いですからね」

「青磁さんはぼーっとするのが下手そうですよね」

「……下手で悪いか」

「いえいえ。私が上手いから大丈夫ですよ」

　砂時計が落ちきった。ひよりはカップの湯を捨て、茶こしの上から紅茶を注ぎ入れた。黄金色を湛えたカップが、そっと青磁の前に差し出される。砂糖もミルクも入れずに、
青磁はそのカップを手に取る。

「よい香りです」

「フレンチアールグレイ、っていうんですって。柑橘系のいいにおいがしますよね。味もそんなに渋くなくて、何杯でも飲めちゃう」

　うっとりと目を細めるひよりに対し、青磁は微かに眉根を寄せる。主に気づかれない程

度のその表情は、一瞬のちにすぐ無へと戻った。

その隙を見計らって、ひよりはこの間から気になっていたことを言ってみた。

「ところで青磁さん。私も、陰陽師として修行というのをしてみたいんですが！」

鼻息荒く言うひよりに、青磁は白けた視線を送る。

「何ですか、さっきの姉妹に感化されましたか」

「はいっ。私が何かしなくても良いってことは分かってるんですけど、せめて青磁さんの足を引っ張らないくらいの知識は身に付けたく！　参考になる本とかありますか！」

「ない」

青磁はにべもなく言い放つ。

「才能がないんだから、陰陽師の真似事など止めておきなさい。お前は私の主としていればいいと前から言っているでしょう」

「で、でも、せめて主として恥ずかしくないくらいの知識は」

「お前が陰陽師として表に出ることはないのですから、恥をかくこともありません」

「じゃあ、ひいおじいちゃんが何か書き残しているものとかを参考に……」

「くどい」

ぴしゃりと言われて、ひよりは縮み上がる。

その様子に、青磁は言い過ぎたことに気づく。はあ、とため息をついて、

「……その気持ちだけ受け取っておきます。さあ、そろそろ夕食の支度を始めましょう」

と、納得いかない様子のひよりを立ち上がらせるのだった。


さて、どうやら縁切り屋というのは、唯一無二の仕事らしい。競合相手がいない、とでも言おうか。青磁が独占している状態で、そのために客が途絶えずやって来た。

内容は様々だが、術を間違えて式神との契約状態が絡み合ってしまったので、それを無効にしてほしいという依頼が多かった。青磁に言わせれば『技術的な過ちの尻ぬぐい』だ。

「昨今の陰陽師は腕が落ちましたね。昔ならばあんな初歩的な誤りはしなかった。この業界の先行きが危ぶまれるというものです！」

憤懣やるかたない様子の青磁をなだめつつ、夕飯の準備をする。主稼業も楽ではない。

「ま、まあまあ……。今日は新たまねぎのポタージュにしますから、機嫌直してください」

そう言いながら、刻んだたまねぎとバジル、セロリをミキサーに入れてスイッチを押す。

ミキサーのけたたましい音がキッチン中にこだました瞬間。

「っ、敵か！」

「うわあ青磁さん何するんですかー！」

稼働し始めたばかりのミキサーを、青磁の手刀が一閃する。ひよりお気に入りのミキサーは、式神パワーで真っ二つになり、その中身を無残にさらけ出していた。

青磁は目を見開いてミキサーを指さす。

「ものすごい音がしましたよこれ⁉」

「そ、そういうものなんですよミキサーは！　わああ大変、青磁さん床拭いて下さい床」

半分ほどは救出できたが、半分ほどは犠牲になってしまった。新たまねぎは甘くておいしいのに。食材を無駄にするのが何より辛いひよりは、ひっそり肩を落とす。

「あのですね青磁さん、台所にあるものは基本的に無害ですから、そこまで反応してもらわなくても大丈夫だと思います……」

「ま、万が一ということもあるでしょう。厨というところは、毒を盛られる可能性がある危険な場所なんですからね」

大げさに反応しすぎたのが恥ずかしかったのか、澄ました顔で言う青磁の耳は、少しだけ赤く染まっている。

だからひよりは「この間もパクチーを毒だと間違えてゴミ箱にダンクシュートしてましたよね」とは言わないでおいた。主としての、ほんの優しさである。

こんな日々を共にしてゆくうちに、青磁という存在に慣れてきた。

けれど、状況を全て受け入れられているわけではなかった。いくら何もしなくて良いとは言え、あっさりと陰陽師になったことや、青磁、石蕗のような存在があることについて、疑問がないわけではない。

　どうして青磁はあんな井戸に閉じ込められていたんだろう、とか。

　あの大きなはさみ――まるで神さまの持ち物のような気配を放っていたあれは、いったいどこから来たのだろう、とか。

　自分は陰陽師として、主として、どれだけ青磁を助けられるのだろう、とか。


「うーん……」

　授業中ずっとそのことを考えていたひよりは、放課後になっていることに気づかなかった。

「野見山さん」

「ネットで調べても分かるようなことじゃないもんね。石蕗さんに聞いてみる、とか？」

「野見山さんってば」

「ん？　わあっ、す、杉山さん」

　ひよりに話しかけていたのは、杉山小夜子という隣の席の生徒だった。緑色の眼鏡がトレードマークで、委員長という役職がとてもよく似合う。面倒見がよく、誰とでも楽しそうに話しているところをよく見かけた。

　転校生の面倒を見ろとでも言われているのだろう。小夜子はよくひよりに話しかけてきたが、それは事務的な内容にとどまるものだった。

それでもひよりにとっては、貴重な話し相手である。

「読書ノート、まとめて私が持ってくんだけどさ。野見山さんまだ提出してないよね？」

「あっ、ご、ごめん……！」

ひよりは慌てて鞄の中からノートを引っ張り出し、小夜子に渡した。

「サンキュ」

「あ……ノート、いっぱいある？　良ければ半分持とうか」

教卓の上のノートは、一人で運ぶには少し多すぎるように思えて、そう言ってみる。

断られるかも、と身構えるひよりだったが、小夜子はにこっと笑って、

「ほんと？　そうしてもらえると助かる！　やー、気が利くわ野見山さん」

と申し出を受け入れてくれた。

ひよりはノートの半分を抱え、小夜子と共に職員室へ向かう。

「てか、何であんなに悩んでたの」

「うーん……。気になること？　っていうか、知りたいことがあって」

「何の？」

「えっと、最近仲良くなった人の、個人情報？」

「へー、それって男の子？　あっ彼氏とか？」

式神です、と言えるはずもなく、ひよりはもごもごと口の中でごまかす。

けれど小夜子の追及は緩まない。彼女はずばりと言い切った。

「彼氏でしょ。彼氏がちょっと心変わりしちゃってて、気になる……とか？」

「そ、そういうんじゃないよ。でも、私のことどう思ってるかは、ちょっと気になるかな」

そう言うと、小夜子はあっさり言った。

「本人に聞いたら？　そういうのってさ、外野がごちゃごちゃ言うより、本人に確認したらあっさり分かったりするもんだよ」

「……そっか！　聞いちゃえばいいのか」

悩んでいても分からない。青磁本人に聞くのが、確かに一番楽だろう。

どうしてそんな簡単なことに思い当たらなかったのか、今にして思えば謎である。

「そうだね、ありがと杉山さん」

「どーいたしまして。小夜子でいいよ。私も適当に、ひよりんって呼ぶし」

快活に笑う小夜子に、ひよりはおずおずと笑みを返した。

今度は上手くやっていけるかもという希望が、ひよりの胸の中にそっと灯った。

帰宅したひよりは、小夜子のアドバイス通り、青磁に色々聞いてみようと意気込んでいたが、肝心の式神の姿はなかった。

書置きによると、別の県まで縁切り屋の仕事をしに遠出しているらしい。今晩は遅くなるそうだ。

のんき者の悲しい性で、やる気が持続しない。色々聞くぞと身構えていたのに、青磁の不在で、ひよりはすっかり炭酸の抜けたジュースのようになってしまった。

一人きりの夕飯は、野見山家特製オムライスにした。牛ひき肉だけで作る簡単なケチャップライスに、冷蔵庫の残り野菜を刻んで混ぜたオムレツを載せるという、ちょっぴりずぼらなメニューだ。

それを平らげてしまうと、もうすることがなくなってしまう。一人だとやっぱり手持ち無沙汰だ。

「まだ早いけど、寝ちゃおうかな」

ひよりの寝室は、居間に近い八畳ほどの部屋だった。几帳面に制服がかけられ、少ない私物もきちんと整えられている。

新生活の疲れもあったのだろう。ベッドにもぐりこんだひよりは、すぐにうつらうつらし始めたが――。

眠りに半ば浸った耳が、小さな足音を拾う。忍び足のつもりだったのだろうが、野見山家の廊下は古くて歩くときゅうきゅう鳴るのだ。

青磁ならこんなに足音を殺さない。途端に頭が覚醒する。

こみあげてくる恐怖を飲み下し、高鳴る心臓の音をどこか他人事のように聞きながら、ひよりはゆっくりと起き上がる。

その瞬間。

寝室のふすまがさっと開き、視界の端でぎらりと何かが光る。それが何なのか考えるより前に、金色の光を帯びたそれが急接近してくる。

「あ――」

敵意のない光だと思った刹那、ひよりの体を抱き寄せる強い腕を感じた。

誰かがチッと舌打ちする音が聞こえる。と同時に、光がさっと遠ざかってゆく。

「誰だ！　顔を見せよ！」

青磁の声がすぐ上から響いてくる。ならば、後ろから自分をしっかりと抱いて離さないこの腕は。

ぱっと明かりがつく。青磁の巻き起こした風は、明かりのスイッチを入れるついでに、逃げようとした侵入者の足元に絡みついた。

「ぷぎゃ！」

猫のくしゃみのような声を上げて、部屋の真ん中で転んだ少女は、こげ茶色のふわふわとした髪をしていた。

青磁はひよりのベッドの上で膝立ちになり、自分の主を掻き抱いている。

「青磁さん！」

「遅くなってすみません。間に合って良かった」

その声に滲む安堵は本物だ。青磁の存在に元気づけられたひよりは、ぶすっとした表情でこちらを睨みつけてくる少女に視線を移した。

十代前半ほどだろうか。金色に近いとび色の目が、活発な印象を与える。髪を結わえた赤いリボンをひょこんと揺らし、少女は叫んだ。

「あたしの縁切りをやってほしいの！」

「なら深夜に窓から入るな、私の主を襲うな」

「襲ってなんかない！　ただちょっと声をかけようか迷ってただけ！」

「どうだか。結界を越えられた以上、悪意があったわけではないようですが」

耳慣れない言葉にひよりが首を傾げる。

「結界ですか？　うちにそんなものありましたっけ」

「私が作りました。商売をやるからには、防犯もしっかりしなければ」

「色々と考えているんですねぇ」

「お前が考えなさすぎなだけです。今までよくそれで生き延びられましたね」

「悪運と体力には自信がありますからね！」

むんっ、と拳を作ってみせるひより。と、それを呆れたように見下ろす青磁。珍妙な主と式神を見て、少女は眉をひそめた。

「こら、ちょっと、あたしの話を聞きなさいよね⁉　こっちはこんなに困ってるんだから、だって、ばあちゃんが死んでから、家から少し離れた場所までしか行けてないの！　このままじゃ消滅しちゃうんだから！」

少女はいつの間にか立ち上がって、地団駄踏んで怒っている。髪の毛が逆立って、赤いスカートがぶわりと揺れた。

少しどきっとするような覇気だが、青磁はそよ風でも吹いているような顔で、

「不法侵入しておいて、話を聞けとは。しつけのなっていない奴だ」

「でも、話くらいは聞いてあげましょうよ、青磁さん」

「は？　馬鹿ですかお前、慈善事業じゃないんですよ。何が悲しくて夜中に侵入してきた奴の話を聞いてやらねばならないのか」

「そ、そうかもですけど！　消滅しちゃうって言ってますし」

消滅とは穏やかではない。こんなに愛らしい少女の存在がかかっているというのに、青磁はその依頼を断ろうとしているのだろうか。

「青磁さん、ここで彼女の話を無視したら、彼女はいなくなっちゃうかもしれないんですよ？　話だけでも聞いてみましょうよ、ね？」

そう青磁に訴えると、彼は苦々しい顔で少女を睨んでいた。

と、詰めていた息をはあっと吐いて一言。

「……分かりました」

「事情を話しなさい。縁切りできるかどうかは、それから判断します」

そうしてひよりを腕の中から解放し、部屋の真ん中で立っている少女に向き直る。

「うん、うん！　あのねあたしね、瀧宮のお家の式神なの。それでね、ばあちゃんが死んじゃってから、どこにも行けなくなったの！　ここに来るのが精いっぱいって感じ？」

それでねそれでね、と少女はいとけない口調で続ける。

「きっとそれってあたしの縁が複雑に絡み合っちゃってるからだと思うの。そういうことって、たまにあるんでしょ？　だからその縁を切ってもらいたいの！　そしたらあたし、どこへでも行けるし、自由になれるでしょ！」

青磁はじっと少女の顔を見つめている。

「……あなたの望みは、家から出ることでしょうか」

「うん！　なるべく早くね、そうじゃないと消滅しちゃうから！」

「分かりました。ではあなたの家に行ってみましょう」

「えっ？　ってことは、縁切りをやってくれるってことね!?　なんだもう、そうならそうと言いなさいよ、もったいぶってないで！」

先ほどまでの不機嫌（ふきげん）が嘘（うそ）のように、にっこりと晴れやかな笑（え）みを浮（う）かべる少女。

猫のような俊敏（しゅんびん）さで部屋を出て行こうとする彼女の背中に、青磁が冷たく言葉を投げる。

「ただしそれは今日ではない。――今週土曜日にあなたの家に行きます」

「ええー!?　今すぐじゃないの？」

「縁切りにも時流というものがあります。今はその時ではない」

にべもなく言い放つ青磁に、少女も言葉を詰まらせる。

「……っ、分かったわよ。今週土曜ね、絶対よ。ちゃんと来なかったら呪（のろ）ってやる！」

そう言うと少女は軽（かろ）やかな足音を立て、部屋を出ようとする。だが急に思い出したようにくるりと振（ふ）り返るなり、ひよりに名乗りを上げた。

「あ、言い忘れてた。あたしは百（もも）。ばあちゃんの専属式神！　……厳密に言えば、元・専属式神だけど」

「かわいらしいお名前ですね」

思ったことを口にすると、百は満足そうに、にっこり笑って言った。

「あたしもそう思う！」

中庭の引き戸が開き、勢いよく閉じられる音が聞こえた。すごい場所から出て行くんだなあ、とひよりはぼんやり思った。

はあ、と青磁のこれ見よがしなため息。

「あまりただ働きはしたくないのですが、仕方がない。どうやら私の主は、私のことを冷酷無比な式神だと思っているようですからね」

「そ、そんなことはないですけど」

ちょっぴり図星だ。顔に出ていないといいがと思いつつ、ひよりは、頭のどこかで何かが引っかかっていることに気づいた。

瀧宮のお家。そうだ、あの百という子は、瀧宮家から来たと言った。

「あれ？　瀧宮家の、おばあちゃん？」

ひよりは二週間ほど前に回ってきた回覧板を思い出す。春の催しのお知らせとは別に、素っ気なく回ってきたその紙には、黒い縁取りがされていて。

『瀧宮リツ子殿　ご逝去のご連絡

瀧宮リツ子殿　八十九歳　三月二十九日に永眠されました』

書かれていた文言を思い出したひよりは、首を傾げながら、

「瀧宮さん家にも、式神がいたんですねえ」

「……」

青磁は答えず、面白くなさそうに少女が去った方を見つめている。

「普通、主が死んだら式神との契約は切れるものなんですがね」

そう呟いた青磁は、すっくと立ち上がると、部屋を出ようとする。

「明日の朝の献立は」

「あ、えっと。焼きおにぎりのお茶漬けと、さわらにしようかなって。あと煮卵の残りと、ひじきですかね」

「献立の栄養価はよろしいようですね。明日は私も手伝いましょう」

「ありがとうございます。あ、煮卵はレンジでチンしちゃだめですからね」

「……分かっています。早く休みなさい」

つい先日、慣れない電子レンジで煮卵を爆発させた苦い経験のある青磁は、少しばかり照れくさそうに部屋を出て行った。

そうしてどうにか平日を乗り切り、ほうほうのていで家に帰り着いたひよりは、金曜日の嬉しさを噛みしめながら、買ってきたものを冷蔵庫に詰めていた。

「そういえば、明日瀧宮さん家の式神に会いに行くんですよね。それ、私もついて行ってもいいですか？」

「そう言うだろうと思って、お前が休みの土曜日を指定したのです」

「あ、そうなんですね。ありがとうございます」

青磁は最初、百の縁切りを渋っていた。それを押し通したのはひよりである。ならば、せめてそれを見届けなければ。

「ちょうどいい。また石蕗が来るので、土産物を用意したかったのです」

「この間のたけのこご飯みたいな？　そうですね、今日買ってきた材料はサーモンパイ用なんですけれど、それでもいいですか？」

「なんでも食べますよ、あれは悪食ですから」

そう言って青磁は、棚からフライパンを取り出しながら、

「学校はどうですか。勉学に励んでいるのですか」

「はい、まあ、そこそこに」

「大丈夫ですか？　お前はどこか間の抜けたところがあるから、心配です。友人はちゃんとできましたか？」

友人。その言葉で反射的に、小夜子の顔を思い出す。

けれど同時に、彼女を友人と思うのはおこがましいだろうと思う。

ひよりはふっと笑って、静かに頷く。

「大丈夫です。ちゃんとやってますよ」

その声色はどこか突き放すように響く。よそ行きの、本音が見えないよう何重にも包まれたかのような、見慣れぬ表情がひよりの顔に表れた。

ひよりに学校のことを尋ねると、いつもこういう顔をすることに、青磁は気づき始めていた。

彼女が青磁に決して見せない一面。それを指摘し、掘り下げることは、式神として正しいことなのか。青磁には分からなかった。

「……そうですか。なら、良いんですけど」

それ以上は踏み込まず、青磁はそっと視線を逸らした。

翌日、ひよりが卵を茹でていると、勝手口からひょっこり石蕗が現れた。この間見かけた時と同じ出で立ちだ。だとすればさぞや衆目を集めたことだろう。

「ありゃ、土地神さまがそんな場所から来るなんて」

「俺くらいにもなれば、どこから入っても様になるからな。美味い飯を頼むぞ」

そう言って石蕗はふらりと台所を出た。

「おい青磁。今日の飯も美味そうだぞ」

「あなたはどうしてここにいるのです。現地集合と言ったでしょう」

「君たちが住んでいる家を見てみたくて。風通しのいい家だな。古いがよく手入れされている。居心地がいい」

「ひよりがきちんと掃除をしていますから。もっとも平日は、帰ってくると勉強ばかりのようですが」

「学生なんだろう？　大変だな」

石蕗は、ひよりが居間の隅に積んでいた参考書をぺらぺらとめくり、やがて興味を失ったように床に放った。

代わりに、新しい環境を嗅ぎまわる動物のように、部屋をぐるりと見回した。

「しかしまあ、悪くはない主だ。空気が良い。たたずまいも良い。のんきすぎるきらいはあるが、お前がせっかちすぎるのを考えればちょうど良いだろう」

「なんですか。ずいぶんと持ち上げますね」

「まあな。気に入っているんだ。何とも言えず図太そうじゃないか？」

「図太い……。まあ、繊細ではなさそうです。何があってもぐーぐーいびきをかいて寝ていますし、家にどんな式神が来ても顔色一つ変えない」

「あはは、いちいち怯えられるよりはいいじゃないか。主というのはどっしりと構えていなければな」

そう言って石蕗は、行儀悪くあぐらをかくと、青磁のお茶を横取りして飲んだ。

やがて台所の方から、パイ生地の焼ける香ばしいにおいが漂ってくる。サーモンの美味しそうなにおいに石蕗が舌なめずりしていると、ひよりがフライ返しを持ったまま現れた。

「お昼、ここで食べて行きますか」

「もちろん。ピクニックには少し天気が悪いからな」

「はーい。今用意しますね」

そう言ってひよりは、普段ののろのろとした動きからは想像もつかないほど手早く、居間のローテーブルに皿を並べてゆく。

型から出された香ばしいパイ、あっさりとしたコンソメスープに、トマトサラダがずらりと並ぶのを見、石蕗はいそいそと席についた。

どうやら今日は、お腹からぞぶりと食べる神様の作法ではなく、食器を用いた人間の作法で食べる気らしい。

ひよりが人数分のカトラリーを用意すると、石蕗は少し不思議そうに青磁を見た。

「……ああ、そういうことか」

「やかましいですよ石蕗。口を閉じていなさい」

「はいはい。さて、いただこうか」

さっくりと切り分けられたパイの断面から、ほわりと立ち上るサーモンの香り。

「うん、美味い！　しかし君は料理が上手いな。手際も良いし、どこで覚えたんだ？」

そう言うとひよりは苦笑しながら、

「実は私のお母さん、料理があんまり得意じゃなくって……。生煮えだったり妙なアレンジを加えたりするので、三年くらい前から、私がご飯を作ることになったんです」

「なるほど。食い意地が張っているゆえに、まずい飯に我慢ならなかったというわけか」

ぽつぽつと皿を突くだけの青磁とは異なり、石蕗の食欲は旺盛だった。コンソメスープを薄味だなと言って平らげ、トマトサラダを青臭いと言いながら完食する。

「えへへ、いっぱい食べて貰えて、嬉しいです」

「そうだろうとも！　乙女が手ずから作ったものを食わずして何が土地神か！　それにこれなら俺も存分に力を振るえるというものだ」

「力？」

「ああ。百とかいう小娘を救うには、青磁だけでは力不足ということさ」

「やかましい男ですね。誰が力不足か。私の縁切りの力は、神たるあなたにも劣ることはないと自負しています」

「まあ、縁切りの分野で言えばね」

意味深な笑みを浮かべる石蕗は、食後のコーヒーまでゆったりと楽しんでから、青磁にせっつかれて、ようやく野見山家を出発したのだった。

瀧宮家は、野見山家と同じくらい広い。

ただし野見山家よりもだいぶ賑やかだ。リツ子の五人の子どものうち、二人が住んでいる。しかもどちらも五人家族なので、いつも子どもが泣く声が聞こえていた。

「来たわね」

門の前には百が立っている。ふふんと得意げに笑って、ひよりたちを家の中へと案内した。玄関をからりと開けると、奥から瀧宮家の奥さん——リツ子の娘が出てきた。

「まあ、野見山さんとこのお孫さん！　もしかして、母にお線香をあげに来てくれたの？」

「は、はいっ。遅くなりまして、申し訳ありません」

「いいのよ。上がってちょうだい。その後ろのお二方は、お友達かしら？」

ひよりは青磁と石蕗を見て言い訳に窮する。友人というにはあまりにも顔が整いすぎていたので。

「ええっと、はい、友人です。ぞろぞろとすみません」

そう、と言ってリツ子の娘はうつろに笑う。それ以上追及することなく、三人分のスリッパを用意して、奥へよろよろと去って行った。

少しおかしな態度だった。ひよりが不審に思っていると、石蕗がふふんと笑う。

「神なれば、このていどの目くらましはお手の物」

「石蕗さん、オレオレ詐欺とかやったら百発百中ですね」

「ひより……お前の想像する悪だくみは、何というか、ささやかですねえ」

「ささやかじゃないですよ！　リツ子おばあちゃんも一瞬引っかかりそうになって、五百万円持って行かれそうになったんですからね」

その時は、急いで箪笥の中の五百万円を持って待ち合わせ場所に向かおうとするリツ子の前で、飼い猫が鞄の上に毛玉を吐き、その後始末をしている最中に家族が帰宅して、事なきを得たそうだ。

「犯罪ですからね、オレオレ詐欺は」

「そう、ですね。前言撤回です」

珍しくやり込められたかたちの青磁に、石蕗がくつくつと面白そうに笑った。

三人が通された和室の、日当たりのいい場所に仏壇はあった。

白檀と白菊の強い臭いが重なり合って、むっとする。ひよりは線香をあげ、しばし故人に思いをはせた。石蕗は興味がなさそうに座布団に座っているが、青磁はやけに真剣な顔で線香をあげていた。

百はそれをうずうずしながら待っていて、ひよりたちが顔を上げると、待ちかねたようにぴょんと跳ねた。

「さ、さ！　早く縁を切って、あたしをここから自由にしてよね！」

「――その前に。式神というもののおさらいをしましょうか」

青磁の落ち着いた言葉に、百は口をとんがらせて抗議した。

「えー!?　何よう、一体いつになったら……」

「式神とは、人の生み出した眷属のことを指す。低俗なものは疾風ていどにしか身をやつせず、少し高位になると畜生の姿を取る。そして最も位が高いのは人間の姿をした式神です」

「つまりあたしやあんたってことね」

「いいえ。私は式神ですが、あなたはそうではありません」

ひよりは驚いて百を見る。

「式神じゃ、ない……？」

「し、失礼ね！　あたしは式神よ、ばあちゃんとこの家を守護していた、立派な式神だわ！　訂正しなさい！」

「守護していたという点については疑っていません。ですが式神ではない。瀧宮リツ子は、式神を生み出し、操るだけの力を持っていなかった」

もっと言うなら、と青磁は淡々と言葉を継ぐ。

「式神と契約できるほどの呪力の持ち主ではなかった」

百のまなじりがぎゅうっと吊り上がり、髪が静電気を帯びたように逆立つ。かわいらしいさくらんぼのような唇からは、一対の鋭い犬歯がちらりと覗いた。

「ばあちゃんを馬鹿にする気⁉　ならあたしも容赦しないわ」

「では証拠をお見せしましょう」

すっくと立ち上がる青磁は、その懐に手を入れる。

出てきたのはあの小さな糸切りばさみ。持ち手の鈴が微かに鳴る。

「断ち切ることこそ我が力。悪しき縁、悪きものを繋ぐ全てを一閃のもとに伏し、快刀乱麻に縁を切る」

糸切りばさみがぐんと大きくなった。

りん、という鈴の音が、水面にできた波紋のように、重なり合って広がってゆく。

「……百よ。お前の縁を見せてみよ」

いつの間にか百の細い首筋からは、赤い糸がつんと伸びていた。それは水の中にたゆたうインクのように、空中をゆらりと揺れている。

その先端はどこにも繋がっていない。まるで飼い主のいないリードのように。

「分かるでしょう。お前の縁はどこにも繋がっていない。お前ははじめから、瀧宮リツ子の式神などではなかったのです」

「……うそ」

百は泣きそうになりながら、自分の首筋の糸をたぐる。

「ばあちゃんがここにいないから、この先はどこにも繋がっていないのよ、それだけのことでしょ！」

「いいえ。そもそも主が死ねば、式神も死ぬものなのです。よほどの例外でなければね」

主――七生が死んでもなお、井戸に封じられて生き延びてしまった青磁。

望んでもいなかったのに「よほどの例外」になってしまった彼は、どこか悲しげな顔で百を見つめている。

「よほどの例外というのは、お前がどこかに封じ込められていたり、主がその力を分け与えた場合です。ですが」

「その様子はないな。お前自身は何の加護も受けていない、無力な存在だ」

石蕗がそう言うと、百の顔がくしゃりと歪んだ。

「あたしは……式神じゃなかったの？　ばあちゃんのことを守るために生まれてきた存在じゃなかったわけ？」

「はい」

「じゃあどうしてこの家から離れられないの？　あたしはいつもばあちゃんの行くところについて行くのよ、そういう決まりになってるんだから。なのにばあちゃんは火葬場ってところに連れて行かれて、そのまま帰ってきてないの。迎えに行ってあげなくちゃ。ご飯も食べていないんじゃ、消えてなくなっちゃうもの。あたしの兄弟みたいに」

その言葉にひよりははっと顔を上げた。

百は不安げにスカートをもじもじといじりながら、

「死ぬっていうの、よく分かんないんだけど、家に帰ってこられないってことよね？　だったらあたしが迎えに行ってあげなきゃいけないんだから、こんなところでじっとしていられないの」

「百さん、あなた……」

ひよりは少しずつ気づき始めていた。

初めて会った時、百は「このままでは消滅する」と言った。けれどそれは百自身のことではなく、火葬場から帰ってこられないリツ子のことを指していたのだ。

それに彼女はずっと「縁を切る」と言っていたが、それはリツ子との縁ではなく、百をこの家に縛り付けている何かとの縁、を断ち切りたかったのだろう。

百の心はずっと一つだった。

この家から断ち切られて、ばあちゃんのもとへ飛んでいきたい。

「分かったわ、あたしが式神じゃないってんならそれでもいい。ともかく、なんでもいいからあたしの縁を切って、あたしをここから自由にして。そうじゃなきゃばあちゃんが」

「おばあちゃんは、もういません」

「そうよ。この家にはいないわ、だけど火葬場ってとこにはいるんでしょ」

「そこにもいません。この世のどこにもいないんです。百さん。あなたのばあちゃん……

飼い主は、もう帰ってこないんです」

ひよりは泣き出しそうになるのをこらえ、百の顔を見る。

「あなたは、おばあちゃんの飼い猫なんですね」

「──猫？」

そう呟いた瞬間、少女の姿がするりとほどけた。

何度かの瞬きののち、百はちんまりとした三毛猫の姿に変化していた。赤いリボンを首輪代わりに結ばれたその猫は、まあるい瞳でひよりを見上げる。

「いいわ、そうよ、あたしは猫よ。でも猫だからなに？　あたし、ばあちゃんに会いたいの」

「っ、もう会えないんです。リツ子さんは死んじゃって、二度と会えない場所に行っちゃったんです。あなたの兄弟みたいに」

「消滅、しちゃったの？」

「……はい」

百はうつむいた。そうかあ、という頼りない呟きが聞こえる。

「じゃあ、切らなきゃいけない縁なんて、ないんだね」

猫はへへっと笑った。

「なーんだ。ばあちゃんてばおっちょこちょいよね、あたしのこと、ばあちゃんを守る式神様だねって言うんだもん。だからあたし勘違いしちゃった。やだ……」

声が微かに震えている。百は猫だから泣かない。

泣かないが、泣きたい気持ちになるときくらい、ある。

「ばあちゃんは、二度と会えないとこにいっちゃったんだね。もっかいでいいから、会いたかったなあ」

「死んだ人間には二度と会えません」

ぴしゃりと言い放ったのは青磁だ。

彼は小さな猫を上から見下ろして、ですが、と続ける。

「この家で式神の真似事をすることはできます」

「……どういうこと？」

「お前は長年瀧宮リツ子にかわいがられ、お前もまたその人間を慕い続けた。その上、主人が騙されそうになったところを救ってみせた。そのことで半ば精霊化しているのです」

「精霊化？」

「呪力を持つようになってきている、ということです。大事にされた猫は猫又になり、その家を守ると言いますが、それに近い現象が起きているのです。そもそも、人の姿を取って、野見山の家まで来られた時点で、ほとんど猫又みたいなものですが」

「すごく上手に喋れていますもんね！」

百の場合、あまりにもリツ子に入れ込みすぎたため、その思いが彼女を瀧宮家に物理的に縛り付けているのだと青磁は言った。だから、百が家から遠く離れたくても、できなかったのだと。

「ですがこの石蕗がいれば、お前の中に芽生え始めた呪力を上手く操る方法を教えてくれます。遠くへも行けますよ」

「えっと?」

混乱する百に、石蕗が悪戯っぽく笑って言う。

「つまりだな、猫。君がかつて瀧宮リツ子にしたように、今度はこの家の人々を――リツ子が遺し、育んだ人々を守ってはどうか、と言っているんだよこのいけ好かない式神は」

「誰がいけ好かない武神だこの女好きの土地神め」

「女好きとはずいぶんな物言いだな。こんなに紳士的な土地神もいないぞ」

「神社で猫に化ければ、若い女性に抱っこされやすいからおすすめだぞ、とか言って鼻の下を伸ばしていたのはどこの誰でしたっけね」

「そのていどで目くじらを立てるとは! 青磁よ、君は西洋の神話を読んだ方がいいぞ。俺なんてまだまだかわいい方だ」

「あ、あのう、百さんの話がまだ終わってませんよー……」

百は前足でちょいちょいと顔を洗った。

「あたし、式神なんかじゃない、ただの猫だけど。猫又になったら、この家の人たちの——ばあちゃんが好きだった人たちの助けになれる？」

「なれるとも。執念深い猫又はいい猫又だ」

「えへ。じゃあ、なっていいかな？　なれるかな？」

頷いた石蕗は、百の頭を三度撫でた。すると百の、かわいらしい三毛尻尾が、するんと二本に分かれた。

ひよりは思わず声を上げる。

「わあっ！　すごい、尻尾が二本になった！」

「ほんとだー！　あたし、すっごくかわいくない？」

「かわいいです！」

勢いよく頷くひよりに、百は満足げに二本の尾を振った。

いきなり飼い猫の尾が二本に分かれたら、瀧宮家の人は心配しないだろうか。そうひよりが口にすると、青磁はふっと馬鹿にするような笑みを浮かべた。

「普段から二本目の尻尾を現すわけがないでしょう。普通の人間には、一本の尻尾にしか見えませんよ」

「そ、そっか。良かったあ」

ほっと胸を撫で下ろす。

「百さんが猫又になれて、新しい目標が見つかって、良かった」

心底嬉しそうなその言葉に、青磁は不思議そうな顔をする。

「ずいぶん喜ぶのですね。猫又に恩を売ったって大した利益にはなりませんよ」

「うーん、恩を売るとかそういう話じゃなくって。単純に、百さんが消えずに済んで良かったなあって思うんです。しかも、猫又っていう新しい在り方も見つけられた」

「……ですが、その新しい在り方が、瀧宮リツ子を亡くした悲しみを埋め合わせてくれるわけではありませんよ」

「そうですね」

ひよりがあっさりとそれを認めたので、青磁は片眉を上げた。

「猫又になったからっておばあちゃんが戻ってくるわけじゃないし、お別れが悲しいのは変わらないです。でも、少なくとも百さんの新しいお役目は、新しい居場所を作ってくれるでしょう？」

瀧宮家の飼い猫から、猫又へ。家を守るための存在に変化した百は、これから瀧宮家の人々と新しく関係を築いてゆくのだ。

「それは良いことだと、私は思います」

「やけに言い切りますね」

「えへへ。まあ、半分羨ましいなって気持ちも入ってるんですけどね。私は陰陽師になったって言われても、何をしたらいいか分からないままだから」

呟いたひよりは、ふと疑問に思ったことを尋ねた。

「陰陽師と言えば、どうしてリツ子さんは、百さんのことを式神様って呼んでいたんでしょう？　陰陽師じゃないのに」

「瀧宮家は七生と面識があったからでしょう。瀧宮リツ子には、式神が見えるていどの力はありました。だから、式神は家を守護するもの、という印象があったのでしょうね」

「そうなんですね。……って青磁さん、リツ子さんと面識あったんですね！」

「まあ、ほんの一言二言言葉を交わしただけですけれど」

だからやけに真剣な顔で線香をあげていたのか、とひよりは納得した。

仕事を終えたひよりたちが玄関の方に向かうと、奥の方から制服姿の少年が現れた。リツ子の末の孫で、確か今年高校へ入学したと聞いた。

彼は青磁を見て、ぺこりと頭を下げた。

「百を楽にしてくれて、ありがとうございました。それにすごくかっこよくしてもらって」

「じゃああなたは……二本目の尻尾が見えるんですね」

頷く少年は、石蕗にも礼を言った。

「ここのところ、ばあちゃんを捜してずっと鳴いてたんです。ほんとに、このままばあちゃんのところへ行っちゃうんじゃないかって、みんな心配してた。だけどあの子がこのまま家にいてくれるんなら、それが一番嬉しいです」

「私にとってはただ働きでしたけどね」

青磁が無愛想にそう言うと、少年は少し笑った。

「あの、お名前は。縁切り屋って言ってましたけど」

「青磁と申します。式神専門の縁切り屋ですので、あしからず」

「分かってます、青磁さん。今日はありがとうございました」

やけに大人びた口調で言うと、少年はまた頭を下げた。

並んで洗い物をしながら、春の夕暮れに沈む竹林を眺める。入り込んでくる風は少し冷たく、青磁がそっと窓を閉めた。
「世の中には、土地神さまや、猫又……動物の精霊っていう存在があるんですねえ。青磁さんと会ってから初めて知りました」
「見えなければ存在しないのと同じことですからね。私と契約したので、お前にもそういったものがはっきりと見えるようになったのでしょう」
「青磁さんは、最初から百さんが猫だって、分かってたんですか？」

「一目見れば分かります。あれは、人に愛されたから、人の形をしているいきものでした。最初から人の形に作られた式神とは由来が違います」

「じゃあ石蕗さんを連れて行ったのは……猫又にしてあげるため？」

「ええ。ったく、ただ働きだというのに」

「そ、そこまで悔しそうな顔をしなくても……。なら、どうしてわざわざそうしたんですか？」

すると青磁は少し顔を赤くしながら、らしからぬ大声で、

「お前が道ばたに捨てられた子犬のような目で私を見るからだ！　それに、式神は主の命令に従うものですからね」

「ありゃ。……ありがとうございます」

ひよりはにっこり笑った。いかにも冷たそうな青磁という式神の、ほんとうの心が分かってきたような気がした。

無表情もつっけんどんな物言いも、全ては繊細な本心を隠すためのものなのだ。

だからこそ、気になることがある。

「百さんの話聞いてたら、ちょっと泣きそうになっちゃいました。ほんとにおばあちゃんに会いたかったんだなあって」

ひよりはちらりと横目で青磁を見る。

「青磁さんも、ひいおじいちゃんに会いたいですか」

「馬鹿な質問を。会いたいに決まっています。会って、よくもまあ私をあんな暗くて湿って臭い場所に七十年も閉じ込めたなと問い詰めてやりたい」

ですが、と青磁は素っ気なく言う。

「その機会は二度とありません。七生は死にました。本来なら道連れになるはずの私を、井戸の中に封印して」

ひよりはその横顔を見る。どんなに取り繕っても、その静謐な顔には、置いて行かれた者の寂しさが滲んでいた。

かける言葉を必死に探してみるけれど、ひよりのつたない言葉では、きっと青磁の悲しみをすくい上げることはできない。彼の悲しみを癒すには至らない。

その戸惑いを察したのだろう。青磁が笑みを浮かべて見せる。

「別に今の状況が嫌というわけじゃないんですよ。井戸の中にいるよりは、お前のような主でもいてくれた方が良い。式神には、仕える主が必要ですからね」

それに、と青磁は独り言のように言う。

「新しい居場所があることは良いことだ、と言い切ったのはお前ですから」

「ほんとう……ですか？　少しでも青磁さんの役に立てているなら、良いんですけど」

「たまには陰陽師以外の人種と接するのも悪くないですね。何しろ生き馬の目を抜く世界ですから、お前のように、損得勘定を考えないで人助けしようとする人間は珍しい」

「損得勘定……ですか」

「はい。お前は純粋に、あの百という猫を助けたくて、行動したのでしょう。見返りは何もないのに。それは何というか、とても……善良で、貴重なものだと思います」

青磁はひよりの反応を予測する。照れるだろうか、それとも上ずった声で、そんなことはないと言うだろうか。

けれど、予想に反して、ひよりは困ったように笑うだけだった。

「青磁さん、一つ誤解があります。あのね、私って、そんなに優しい人間じゃないんです」

「どういうことですか」

「聖人君子じゃないってことです。それどころか、むしろ」

「むしろ？」

損得勘定を考えないとか、善良とか。ひよりはそんな人間ではない。

そんな人間だったら、逃げなくて済んだはずだ。あそこに踏み留まって闘えていただろう。信念を持って立ち向かえていたと思う。

でも、そうじゃないから、今ここにいる。

「……むしろ、それとは正反対の、ただの臆病者なんです。だからそんなふうに言ってもらうのは、何だかもったいないみたい」

「そうですか。私にはそう見えますけどね」

「そんな、ことは……」

二人の間に沈黙が下りる。春の夜の闇は濃く、思い出ばかりがしっとりと浮かび上がるようだ。

それを慰撫するように、ひよりは流しの水滴をぬぐい取った。

「紅茶、飲みます？」

「……頂きます」

ひよりは頷いて、使い慣れたカップを戸棚から取り出した。

鞄の中には数冊の本が入っている。高校の図書室にあった、数少ない陰陽師にまつわる本だ。

青磁が教えてくれないのならば、とひよりは自習に励んだが、一般に流通している本に書かれている内容は、そこまで多くなかった。あまり情報が表に出ないのだろう。

それを図書室で返却していると、後ろからとんとんと背中を突かれた。

杉山小夜子だ。一緒にノートを提出してから、少しずつ話すようになった。

「ひよりんすごいね、五冊も本借りてる。しかもなんか陰陽師関係？」

「え、えっと、これは……」

「なんか陰陽師関係の漫画とか小説にハマったの？」

「そういうわけじゃないんだけど、ちょっと勉強したくて」

そう言うと小夜子がにんまり笑う。

「ははーん。もしかして、例の好きな人と話題を合わせるために読んでるとか？」

「好きな人？」

首を傾げかけて気づく。小夜子は青磁のことを、ひよりが気になっている人だと思っている。当たらずとも遠からずなので、ひよりは曖昧に笑った。

「ひよりんも健気だねー！　どう、話題合わせられそう？」

「うーん……。やっぱり本だけだと、あんまりかな」

「男子って、好きなジャンルにはやたらマニアックだもんね。もういっそ、色々教えて！ってお願いしちゃえば？」

「教えてって言ったんだけど、断られちゃったんだよね」

「ケチな男子だね！」

爽やかに言い放たれて思わず笑ってしまう。

「ケチ……って言うより、知られたくないのかも。そんな感じがした」

「なんでだろうね？　一緒に話せる話題が増えたら嬉しいのに」

「あんまり私に期待してないんだと思う。当たり前なんだけどね」

「えー、そう？　向こうが勝手にこっちのキャパ決めつけてくるのって、ちょっと腹立たない？」

それは新鮮な意見だ。ひよりは基本的に腹を立てることがあまりない。

「こっちだって極めたら向こうより詳しくなるかもしれないんだしさ、自分の限界は自分で決めますって感じだよね」

「自分の限界は自分で決める、かあ」

「そうそう。挑むのも諦めるのも、自分の意思で決めたいじゃん？」

「小夜子ちゃん、かっこいいね……！」

「ただ単に、誰かに決められるのが嫌なだけだけどね」

照れくさそうに小夜子は言うが、ひよりにとってはとても新鮮な目線だ。

挑むのも諦めるのも、自分の意思で決める。

少しだけ耳が痛い。なぜならひよりは、逃げ出してしまったから。挑むか、諦めるかを主体的に選ばないで、ただその場を去ることを選んだから。

「……でも、だからこそ、今度は自分で決めたいんだ」

「おおっ。ひよりんの決意表明、珍しいね？」

「ちょっとね」

改めて思う。青磁に拒絶されても、やはり陰陽師のことについて知りたい。知らないままの自分でいるのは嫌だ。

「しっかしまあ、ひよりんも色々喋ってくれるようになったよね」

小夜子は満足げに頷いている。

「転校してきた時はさ、結構人の顔色うかがってるようなとこあったけど、最近は自分の気持ちとか言うようになったし、はきはき喋るし、ちょっと変わったよね」

「そうかな？」

「そうだよ。あ、念のために言っとくけど、褒めてるんだからね！」

ありがと、と返しながら、自分の変化を見つめなおしてみる。そこまで変わった自覚はなかったが、もし変化があったとすれば、青磁のおかげだろうと思う。

何しろあの式神は口が悪い。それに言い返したり、受け流したりしているうちに、変な度胸がついてきた自覚はある。

――それでも油断は禁物だ。いつ状況が変わるか分からない。

小夜子とこうやって気軽に話しているけれど、それが明日も続く保証はないのだ。

同じ失敗を繰り返さないことを、ひよりは胸に誓った。


今日の夕飯は何にしようかとスーパーの棚を物色している間、どうにも何か違和感があった。まるで、誰かに見られているような。

けれどひよりの違和感は概ね、ほぼ九割錯覚なので、気にせずに会計を済ませる。

外に出たらちょうど乗るバスが出発しそうだったので、慌てて飛び乗った。ひよりのあとから、一人の女性も飛び乗って来て、離れた席に座った。

バスを降りて、自宅への道を歩いていると、「ねえ、そこの子」と声を掛けられた。

振り返ったひよりは、間抜けに口をぽかんとして、わあ、と呟いた。

「美人さんだあ」

ショートカットの髪がとてもよく似合う、小さくてこぢんまりとした顔。その中できらきら輝く大きな丸い目に、孔雀みたいな美しいまつ毛。唇はふっくらと魅惑的で、口角がきゅっと挑戦的に吊り上がっている。

スタイルもまた図抜けていて、シンプルなパンツスーツがとてもかっこよく見えた。腰の高さがひよりとは比べ物にならないし、筋肉でしっかりと覆われた足は、野生動物の力強さを帯びている。

そこまで観察して気づいた。この人は、バスにひよりのあとから駆け込んできた人だ。

女性はにこりともせずに言った。

「あなたのお家で、あやかしの縁切りというものができると聞いたんだけれど、それってほんとうかしら？」

「縁切り屋のこと、誰から聞いたんですか？」

驚いてひよりが尋ねると、美女の口から意外な名前が飛び出した。

「前に塾で教えてた瀧宮くんって子。私が困ってたら、もしかしたらこの人たちが助けになってくれるかもって、教えてくれたのよ。駅であなたのこと探してたんだけど、ちょうどバスに飛び乗ったから、つい追っかけちゃった」

思い出した。瀧宮家の末の孫だ。百のほんとうの姿が見えているようだった。

彼の紹介なら、興味本位で首を突っ込んでいるというわけでもないのだろう。ひよりは慎重に言葉を選ぶ。

「あやかしというか、式神ですけど。さらに言うなら、やっているのは私ではなく、私の式神です」

美女はその言葉を検分するように目を細めた。

「そこに行くのに何か紹介状みたいなものは必要なの？」

「そういうのは必要ないですけど」

「なら私を連れて行ってくれないかしら？　できれば今すぐに」

その美貌に微かな焦りを浮かべて美女は言う。よほど切羽詰まっているのだろう。

ひよりは少し迷ったが、ややあってこくんと頷いた。

「青磁さん、お客さんでーす……」

玄関まで出迎えに来た青磁は、美女を見ても顔色一つ変えずに、

「人間は私の客ではない」

と言い放った。ひよりの方がうろたえる素っ気なさに、美女は少しも動じず答えた。

「話だけでも聞いて。お礼なら必ずしますから」

「話を聞いたところで私にできることはありません。人間の縁切りなら他を当たって下さい」

「でももう他に頼れるところがないの」

「今のあなたは、足を折ったのに皮膚科に来ているようなものです。皮膚科にやれることはごく僅かで、何の足しにもならない。お引き取り願えますか」

「もうここしかないんだってば！」

玄関に声が反響する。

拳を握りしめている美女は、青磁の目を見据えて言う。

「皆は全部私の気のせいだって言う。近所の神社にも、お祓いの人にも、霊能者とかいう訳の分かんない人にも、そう言われた。私がどれだけ大変で、どれだけ苦しんでいるか、誰にも分かんないのよ」

絞り出すような声に、ひよりはぎゅっと胸を締め付けられるようだった。

「今私を苦しめているのは、理屈では説明できないもの、あやかしとか式神とか幽霊とか、そういうものに違いないのよ。それを退けることのできるプロの知恵が必要よ」

「あやかしと式神と幽霊をいっしょくたに語るとは、いい度胸ですね」

青磁は顔色一つ変えずに言う。青磁のそれはいわゆる「脈無し」の証で、ひよりは慌てて食い下がった。

「あの、でも、困っているみたいですし。お話だけでも聞いてみて、それで他の……石蕗さんとかに助けを求められるかもしれませんし」

ぎろり、と青磁に睨み付けられて、ひよりはすくみ上がった。一応主のはずなのだが。

しかしここで引いてはだめだ。

誰にも自分の苦しみは分からないと訴える人を、このままにはしておけないと、ひよりの本能が叫んでいる。

意を決して青磁の目を見つめる。今回ばかりは引けない。

「こ、これでこの人に何かあったら、後悔しちゃうかもしれないでしょう。私、あの時ちゃんと話を聞いておけばって思うのは、いやです」

「……」

「そんな目で見たってだめですからね。話だけでも聞いてみましょうよ」

青磁はしばらく、ひよりが発言を撤回するのを待つように、彼女の顔を見ていたが――。

ややあって呆れたような声で呟く。

「お前は存外頑固ものだ。いいでしょう、上がりなさい。小娘」

「やった！」

美女は素早く靴を脱ぐと、きちんと揃えて家に上がった。ひよりと目が合うと、にかっと笑って見せる。

「ありがとね！」

思わず、きゅんとしてしまうような、純度百パーセントの笑顔。

この人はたらしだ――。そう思いながらひよりもいそいそと靴を脱ぐのだった。

❋
❖
❋

美女は玉木薫と名乗った。名前にも隙のない美女ぶりが表れている。

「異変を感じているのは全部プールでの出来事よ。あ、言い忘れてたけど、私は都内の大学の院生でね。付属大学の水泳部に入ってて、このまま順調に行けば、都の強化選手に選ばれそうなの」

「すごい人なんですねえ」

鍋に茶葉と牛乳を入れて煮詰めた、濃いめのミルクティを入れて持ってゆくと、薫はにっこりと懐っこい笑みを浮かべて、それを受け取った。どうやらひよりのことは味方と見なすことにしたらしい。

「ありがと。けど順調な私のことを、妬む人間がいるようなの。まあ私は並外れたスイマーだから仕方がないんだけど、それにしたって限度ってものがあるわ」

並外れたスイマーだから、とさらりと言ってのける薫に、ひよりは心底たまげた。

そんなことを言えるなんて、どれだけ心が強いんだろう。こう言い切れるまでどれだけ練習をしてきたんだろう。圧倒されてしまう。

けれど青磁は、薫の自信をさらりと受け流して言った。

「その物言いでは妬みも嫉みも買うでしょう」

「覚悟の上よ。覚悟の上、だったんだけど……。正直ここまでとは思っていなかった」

そう言って薫が語るのは、水の中の不気味な出来事だった。

彼女が練習に打ち込んでいると、必ず水の中で誰かが触ってくると言うのだ。周りに人がいないのにも拘わらず、足や腕を引っ張ったりされる感覚を覚えることもあるという。のみならず、不気味な声が聞こえてくるのだと薫は訴えた。

「でんでら、でんでらりとか、こんこら、こんこられって……何か歌うみたいにずうっと言い続けているの。水の中なのにはっきり聞こえてるのが気味悪くて。しかも私にしか聞こえていないみたいだし」

「……でんでら、ですか」

「ええ。でも変なのよね、そう歌った後に絶対、シャッって何かを研ぐみたいな音が聞こえるから」

「そうですか。あなたが水の中にいるときは、寒いですか」

そりゃあ水の中は寒いだろう、と思うひよりだが、薫の答えは違っていた。

「運動しているからそんなに寒くないわ。むしろ温水だと暖かいくらい。でもその声が聞こえてる時は……ちょっとひんやりしてるかも」

「他には？　水の中だけですか？」

「あ、ううん、水の中はまだましな方なの。酷いのは更衣室とか」

顔をしかめながら薫が語ることには、更衣室に入ると、誰かに見られているような気がするのだそうだ。

しかも見られているだけではなく、触ろうとしてくる素振りを見せるのだという。

「触られる寸前、皮膚がぴりってすること、ない？　肩のすぐ上に手をかざされると、なんかもぞもぞして、嫌な感じがするみたいな」

「ああ、あるかもしれないです」

「ずっとそんな感じなのよ！　でも振り返ったって誰もいないし、ハァハァ気味の悪い息遣いまで聞こえるし、気持ち悪いったら！」

青磁はじっと薫の様子をうかがっている。その瞳は黒曜石の鋭さを帯び、彼女の体の向こう側まで透かして見ようとしているかのようだ。

「更衣室の異常は、いつもプールに入る前のことですか？」

青磁の問いに、薫ははっとしたような顔をする。

「そう言われれば、そうかも。帰りの更衣室では感じたことない」

「分かりました。認めましょう、これは私の分野です」

あっさりと言い放った青磁に、薫が膝立ちになって詰め寄る。

「で、できるの⁉　私のこの状況を、どうにかできるのね！」

「まだ確約はできませんが、私の見立てが正しければ、あなたの身の回りに起こった異変を解決できるでしょう。……その前に準備が必要ですが」

青磁は、薫が練習に使っているというプールの場所を聞き出して、彼女を帰した。

ひよりが尋ねると、すぐ隣の駅に住んでいるとのことだったので、バス停まで送ることにした。

夜道を並んで歩いていると、薫が頭を下げた。

「ありがとう、ひよりちゃんが助けてくれなかったら、あのプライドばっかり高そうなお兄さんに門前払いされてたとこだったわ」

「いえ……。それにしても、大変ですよね。そんな異変が起こってるんじゃ、水泳に集中できないですもんね」

「ほんとよ。むかつくから、どんなことがあっても絶対練習休まないようにしてるの。誰か知らないけど、陰でこそこそ人を攻撃するヤツの思惑通りになりたくないし」

「すごいなあ」

ひよりはそこまで打ちこめるものがないまま、この年齢になってしまった。料理は好きだが、誰かから妨害されたら、その時点で止めてしまうだろう。

だから本当に薫のことを尊敬するつもりで、すごいと口にするのだが、薫は静かに頭を振る。

「これしかできないから、私。やりたくてたまらないこと、毎日ずっと考え続けてしまうことが、水泳なの。水泳をやるために私は生まれてきたんだ、って思うくらい」

大きな瞳は黒々と濡れ、ひよりに切々と訴えてくる。

薫を薫たらしめているもの。それは見目の麗しさではなく、彼女の内側からあふれ出る、すさまじい熱情なのだとひよりは悟った。

その気持ちがなければ、薫の目はこうもきらきらと輝かないだろう。

「青磁さんに言っときますね。絶対薫さんの悩みを解決して、って」

「お願いね。謝礼の金額が分かったら教えて。ちゃんと払うわ」

「お金……」

そう言えば青磁は、何を対価に縁切りをしているのだろう。

小関姉妹の時は、特に金銭のやり取りをしているところを見なかったが、百のときは『ただ働きだ』とぼやいていたから、やはりお金なのだろうか。

薫を見送り、家に帰って青磁に尋ねてみた。

「青磁さんは、願いを叶えるために縁切りしてるって言っていましたけど……。一回の縁切りに、お金みたいな対価を求めたりするんですか？」

「縁切りに必要な物を調達した場合は、その経費を請求しますよ」

「じゃあ縁切り行為自体には、対価は発生しないんですね」

「そうですね。ですが私にとっては、願いを叶えるための一歩になります」

「相手から何も貰わないのに？」

「功徳を積む……と言ってもお前には分からないでしょうね。要するに、ポイント制のようなものです。縁切りするたびに一ポイント、それがたまれば願いが叶うと考えれば分かりやすいかと」

　ポイントという言葉が青磁の口から出てくるとは思わなかったが、この式神も、昼間はテレビなどを観て、積極的に現代の勉強をしているらしい。

「今回はそのポイント、たまりそうですか？」

「まだ分かりませんが、上手くいけば」

「青磁さんの分野ってことは、誰かの式神が、薫さんに悪さをしてるんでしょうか」

　青磁は静かに頷いた。

「少し難しかったのは、あの女に絡まっている縁が一つではなかったことです。ですがにおいですぐ分かった。長いこと井戸で眠っていましたが、正邪の区別がつかないほど錆び付いてはいません」

よく分からないが、青磁は既に事件の全貌が分かっているらしい。ひよりが薫の美貌に口をぽかんと開けて感心している間に、そこまで頭を働かせていたとは。

何とも言えない罪悪感に囚われていると、青磁がぽつんと言った。

「とはいえ、厄介な相手であることに変わりはない。もしかしたらお前におつかいを頼むことがあるかもしれません」

青磁が初めて自分を頼ってくれた。ひよりは嬉しくなって前のめりに尋ねる。

「おつかい？　どんな？」

「決まったら教えます。忙しくて大変かもしれませんが、恐らくお前が一番適任だ」

「適任ってことなら！　でもどうして、私なんです？」

尋ねると青磁はにやりと笑った。

「お前が希代ののんき者だから、です」

青磁は大学生風のチノパンと白いシャツに身を包み、薫の告げたプールに向かった。見学者を装って中に入る。

女に変身することはできるが、そこまでして女子更衣室に入る必要はなかった。その入り口を一瞥しただけで、中に淀んでいるものの正体は分かったからだ。

今は薫がいないから、眠りについているそれは――。凝り固まった悪意と、劣情。

幾重にも重なって、こびりついて、嫌な臭いを放っている。

「陳腐な筋書きだ。嫉妬はいつの時代も悪鬼羅刹の温床になるのだな」

青磁はすんと鼻を鳴らし、そのままプールの方に向かう。塩素の臭いが立ち込めるなか、学生たちがおのおの練習をしていた。

その邪魔にならないよう、端の方にしゃがみこみ、じっとプールの水を見つめる。

揺らぐ水面。うねる水。

天井から差し込む日の光を受け、意思を持ってどろりとうごめく、何か。

言葉で物語ることはないそれは、けれど確実に、青磁に何かを伝えた。

「……やはり、そうでしたか」

得心がいったように頷く青磁は、すっくと立ち上がると、振り向きもせずにプールを後にする。

「私の見立て通り。ひよりにはおつかいをお願いすることになりそうです」

そう呟いて青磁は、ひらひらと指先を振る。すると二羽の雀が現れ、それぞれ別の方向に飛んで行った。

春の冷たさをはらんだ夕暮れの風が、ぴゅうとひよりに吹き付ける。カーディガンを置いてきたのは早計だったか。

授業を終え、駅に向かって歩き出したひよりの前に、枯葉がぽとりと舞い落ちる。

「……ん？」

枯葉ではない。それはどうやら、ふっくらと丸い雀のようだった。

雀は小首を傾げながら、臆することなくひよりに近づくと、その肩にぴょんと飛び乗った。

「わ、わあ」

『ひより、随分遅かったですね。待ちましたよ』

「その声は、青磁さんですか？」

『ええ。その雀は私の使いです』

雀はつぶらな瞳でひよりを見上げ、ちゅんと鳴いた。

「かわいい……！　えー、青磁さんこんなにかわいい子がいるんなら教えて下さいよ！丸くてふっかふかだあ～。名前とかあるんですか？」

『ないです。それより人の話はちゃんと聞きなさい』

小首を傾げる雀。青磁のお小言のぶんを差し引いてもなお愛くるしい仕草に胸を射貫かれていると、横のサラリーマンが異様なものを見る目でひよりを見てきた。

それもそのはずだ。今のひよりは、雀を肩に乗せ、独り言を言っている怪しい高校生でしかない。

『今から言う場所に行って、おつかいをしてほしいのです。疲れているところ申し訳ないのですが、夜が一番適しているので』

そう言って青磁が告げたのは、都内のとある住所だった。

鬼子母神と音大に近い場所。墓地を左手に細い坂をとろとろと上ってゆく。

青磁に言われた住所は、その墓地のものだったらしい。スマートフォンの地図アプリが案内を終了してしまう。

ひよりは肩に止まった雀に尋ねた。

「え、せ、青磁さ、おつかいってもしかして、墓地ですか!?」

『いいえ。そのまままっすぐ。そのうち、庭のある家が見えてきます』

遠くからトランペットの練習音が微かに聞こえてくる。住宅街は真っ暗でひと気もなく、街灯はちかちかと不気味に明滅していた。

自分の靴音だけが響く小道で、ふと何かきらきら光るものに目が引き寄せられる。

青磁の言う通り、大きな庭のある家が右手の方にあり、その庭の真ん中で、青い朝顔が輝いていた。とろりとした水をたたえた紫色の花弁が美しい。

ひよりは微かな違和感を覚える。前にここに来たことがあるような気がする。

「朝顔？　こんな季節に、こんな時間に？」

『その朝顔の裏に回って下さい』

「え、でもここ、人のお庭なんですけど」

『いいから早く。閉じてしまいますよ』

ひよりは躊躇したが、初めて青磁から頼まれた仕事なのだ。きっちりとやり切らねば、主の名がすたる、と己に気合を入れる。

階段を上がり、その庭の中へと進む。民家は真っ暗で誰もいないようだが、泥棒と見とがめられては反論ができない状態だ。

ひやひやしながら、輝く朝顔の裏手に回る。と、その輝きが急に消えた。

「消えちゃった……」

『そこから庭の奥へ進んで下さい』

明かりがないので足元がおぼつかない。ふかふかと土の柔らかな感触がする。一歩一歩確かめながら、なるべく花の咲いていなそうなところを選んで進んだ。牛歩のろさで庭の奥へとたどり着いたひよりの前に、固い扉が現れる。

妙なところにある扉だなと思いながら触れると、デジャヴのようなものが体を駆け抜けた。やっぱりここを、知っている。

不思議な思いでその扉を押し開けると、柔らかな光がひよりを出迎えた。

「いらっしゃい」

聞こえたのは低くしわがれた男の声だ。年月に洗われ、縮緬のように風合いを帯びるようになった、ひとの声。

しかし姿は見当たらない。その空間は様々なものに満ち溢れていて、真ん中に伸びた細い道に覆いかぶさるように、高い棚が林立している。

一本道の先に人影が見える。ひよりはそちらに向かって歩き出した。

横を囲む棚には様々なものが詰め込まれている。

分厚い革張りの本で埋め尽くされた棚があったかと思えば、スノードームや木彫りの熊、オルゴールといった土産物類で溢れかえった棚もある。

かと思えば、高級そうな輝きを放つ宝石類が、無造作に投げ出された棚もあって、混沌を極めていた。様々なにおいが入り混じっていてよく分からないが、どこか遠くで香を焚いているらしく、キャラメルのような甘いにおいが微かに漂っている。

ただ、どれも新品ではなさそうだったので、ここは質屋か何かなのかもしれない、とひよりは思っていた。雑多な感じだけれど、それが少しだけ落ち着く。

「なんか、初めて来た感じがしないなあ」

そうしている間に人影との距離が縮まってゆく。

一本道の突き当たり、銭湯の番台のようなところに腰かけていたのは、細面の老爺だった。シルバーグレイの豊かな髪、皺を帯びた鋭利な顔立ちは、街を歩けばきっと衆目を集めるだろうと思うほど整っているが、どこか食えない雰囲気がある。

笑顔の裏に別の顔を隠していそうな。相手を騙すことに長けていそうな。いずれにせよ一筋縄ではいかないように思える。

年齢は六十代くらいだろうか。若々しい雰囲気なのだが、皺と染みに覆われた額を見ていると、何だか自分が小さな子どもになったような気がした。

「ここは弦狼堂。古物屋だ。お嬢さんは青磁の使いだね」

ひよりがこくんと頷くと、肩の雀がちゅんと鳴いた。そのくちばしから青磁の声が響く。

『お久しぶりです、五百旗頭殿』

「久しいな、青磁よ。このお嬢さんは、お前の新しい主かね」

『ええ。お願いしたものを持ち帰るには適任かと思いまして』

青磁の声は丁寧で、目上の人間に接しているような恭しさがある。だからひよりも、両手を前に揃えて、失礼のないようにと背筋を伸ばした。

するとと五百旗頭は、低い弦楽器のような声で、くつくつと笑った。

「ハッハ。お嬢さんが適任であることは、ここまでまっすぐ来られたことからも分かっている。そう身構える必要はない」

『おや、まっすぐ来ましたか』

「おうとも、わき目もふらずにな。見事なまっすぐ歩きだったよ」

「だって、おつかいですから。寄り道はだめでしょう？」

「まあ、そうなんだがな」

きょとんとしているひよりの前に、店の奥から一羽の雀がやって来た。ひよりの肩にとまっていた雀が、嬉しそうに片割れの側に舞い降りた。

「青磁が俺にこの使いを寄こした。今からお嬢さんが来るから、依頼したものを渡してくれ――とな」

そう言って五百旗頭は机の下から、緋色の布に包まれた丸い物を取り出した。それを、ごとりと重たげな音を立てて置き、包みを少しほどいた。

微かなかびの臭いと共に、黒ずんだ円盤のようなものがひよりの前に姿を現した。

「これは……鏡？」

「よく分かったね。そう、鏡だ。陰陽道において鏡は、神性を増幅させ、退魔の力を持つものとされる」

「退魔の力……」

「その中でも特に由緒正しい鏡だ。ゆえに、限られた者にしか持つことができない」

「そ、そんなにすごいものなんですか」

「なに、お嬢さんにとっては大したものではない。触れてごらん」

ひよりは恐る恐る鏡の黒ずんだ縁に触れてみた。何も起こらない。だがひどく懐かしいような、手にしっくりと馴染むような、そんな印象を受ける。

「この鏡自体が悪さをするわけではない。ただこの鏡は、持つ人間の性根を選ぶのだ」

「性根を選ぶ……？」

「害意のない人間が持てば何も起こらない。だが、この鏡を我欲のために使おうと考える者に、鏡は容赦しない。その持ち手の精神をかき乱し、嫌な幻を見せるのだ」

なんとも厄介なものだとひよりは思う。と同時に、自分がこれを持てるのは、青磁の言うところの「希代ののんき者」だからなのだと腑に落ちた。

少なくともひよりは、この鏡を自分のためだけに使おうとは思っていない。

「でも、皆が皆自分のことしか考えていないわけじゃないですもんね？　この鏡を持てる人はいっぱいいるんじゃないですか」

その言葉に五百旗頭が苦笑した。

「いやいや、陰陽師は基本的に皆性格がねじくれた者ばかりだからな。立身出世に目がないし、金品や現世の権力といったものと親和性が高い。鏡はその穢れを嫌う」

ひよりは図書室で読んだ本の内容を思い出す。

「立身出世に目がないのって、陰陽師が行う占いや呪術が、昔から朝廷の権力者によく重宝されていたから……でしょうか」

「その通り。今の時代もなお、陰陽師は占術と呪術を用い、権力の中枢にて密かに暗躍している。生き馬の目を抜く世界で、純粋な心を保ち続けられる陰陽師はそういない」

『ひより、どこでそれを知ったのですか』

青磁が面白くなさそうに口を挟む。本で読んだのだと告げれば、不服そうなため息が雀の口から聞こえてきた。

『勝手なことを。お前は何も知らなくていいと言ったでしょう』

「さすがに、陰陽師がどういう存在なのか、くらいは知りたいです」

『知ったところで何もできないでしょうに。学生の本分は学業ですよ！』

「おやおや。ずいぶんと過保護なことだな。……ん？」

五百旗頭は、青磁とひよりの様子を面白そうに見ていたが、ふと怪訝そうな表情を浮かべた。

番台からすっと出てくると、ひよりの脇に立った。青磁よりも背が高く、骨ばったくるぶしが覗くほどの浴衣の丈が、何とも言えない色香を放っている。

「お嬢さん。——妙な臭いがするな」

「に、臭いですか？　お風呂はちゃんと入ってるはずなんですが」

「いや、これは呪術の臭いだ」

五百旗頭の頭部が揺らぎ、金色の毛の生えた狐のそれに変わる。

驚いたひよりが、そのとび色の目を凝視していると、長い鼻が首筋をかすめた。

「ひゃっ……!?」

五百旗頭は鼻を神経質にひくつかせて顔を歪めた。

「……青磁。お嬢さんは陰陽師として働いたことはないはずだな」

『ええ、縁切り屋は全て私が仕切っていますから。何か異変でも？』

「ほんとうに僅かだが、嫌な臭いがする。呪術の気配だ。それも恐らくは——土御門の」

『土御門だと!?　ですが連中が野見山家に近づいた形跡はありません』

「ああ、この臭いの薄さから言って、恐らくは半年ほど前のことだろう」

土御門。一体誰のことだろう。

五百旗頭は、首を傾げているひよりに尋ねる。

「お嬢さん。半年前に何か、呪術をかけられたことはないかね。身の回りで不幸なことが起こったり、怪我をしたりしなかったかな」

「半年前……」

ひよりの顔が曇る。何か言いたげに口を開けたが、ややあって首を振る。

「いいえ。陰陽師とか、呪術とか、そういうのを知ったのは青磁さんと会った後ですし」

「ふむ。お嬢さんに害をなそうとしたわけではないようだが……。しかし相変わらず、反吐が出るような呪術ばかりを練り上げているようだな」

『土御門がひよりに近づこうとしている、ということでしょうか』

焦ったような青磁の言葉に、五百旗頭は静かに首を振る。と同時に、その頭部が年経た狐のものから人間のものに変わった。

「気配は既に遠い。お嬢さんが狙われたわけではなく、お嬢さんの周りで土御門が何か呪術を用いただけのことだろう。とは言え、気に食わんことは確かだ」

そう独りごちて、五百旗頭は懐から一枚の紙切れを取り出す。

それは朝顔の花弁のような、薄い藍色をした名刺だった。

「弦狼堂」と素っ気なく書かれているのみで、連絡先や住所といった記載は見当たらない。

「これは……」

「名刺だ。これがここへ来る鍵となる。案内無しで来ようと思うのならば、必ずこれを持ってくるように」

鍵という言葉にひよりはなるほどと呟いた。さっきも、光る朝顔を自力で見つけられたわけではない。ここへ来るためには、誰かの導きが必要なのだ。

「お嬢さんが持つのんき者の資質は得難いものなのだ。怒りにまみれず、嫉妬や恋情に溺れず、人の言説に惑わされず。流れる水の如く、己の内に何かを溜めない。常に周囲に開かれているとも言える。しかしだからこそ、他者の感情に惑わされ、たやすく失われてしまう資質でもあるわけだ」

どうやら褒めてくれているらしい。けれど褒められ慣れていないひよりは、気の利いたことも言えず、じっと五百旗頭のとび色の瞳を見つめ返すばかりだ。

「だから、お嬢さんが何か困ったことに遭遇したら、ここへ来なさい。俺に何かできれば助けてやれるし、そうじゃなくても、逃げ場があるというのはいいだろう？」

ニッ、と笑う五百旗頭。驚くほど綺麗な真珠色の歯が覗く。

つられてひよりもにこっと笑い、ありがとうございます、と言った。

『五百旗頭殿。あなたが一人の人間にそこまで肩入れするところを、初めて見たような気がします』

青磁の、少し驚いたような声が、雀のくちばしから聞こえてくる。

五百旗頭は節くれ立った太い指で、雀の小さな頭を撫でた。

「なに。久方ぶりにまみえる女性だからな」

帰宅したひよりはまっすぐ青磁のところに向かい、鏡を渡した。

「おや、鞄も置かずにせっかちですね」

「だって、大事なものなんでしょう？　持ってるとひやひやしちゃって」

そう言いながらもいそいそと青磁の前に座る。

ほんとうなら、明日の宿題や家事を片付けなければならないのだが、それよりも鏡の方が気になった。

ひよりの好奇心たっぷりの視線に苦笑し、青磁は鏡に触れないように注意しながら、包みを開いた。

「……改めて見ると、ずいぶん古いんですね」

鏡というよりは、土にまみれた金属片という印象を受けた。本来顔を映すべき鏡部分は曇っていて、とても鏡としては使えなそうだ。

黒っぽい汚れは後ろの方にも浸食していて、恐らく何か模様が刻まれていたのだろうが、よく分からなくなっている。

「これ、元はとっても綺麗だったんでしょうね」

「力のある鏡と聞いていますから、そうだと思います」

「どこから来た鏡なんでしょう」

「さあ。徳川（とくがわ）の治世の頃（ころ）にはもう、古い鏡として恐れられていたようです」

「そ、そんなに古いんですか」

徳川の頃にはもう存在していたとすれば、少なくとも四百年以上は経過しているということだ。とてもそんな古い鏡には見えない。

「これで、薫さんの件は解決できるんでしょうか」

「必ず」

そう言い切る青磁の口調には自信が溢（あふ）れていて、ならば大丈夫（だいじょうぶ）だろうとひよりも胸を撫で下ろした。

と、青磁が自分を見つめていることに気づく。黒曜石のように輝（かがや）く目は、油断なくひよりを観察している。

「五百旗頭殿の嗅覚（きゅうかく）は相変わらず凄（すさ）まじい。言われなければ、お前から土御門の臭（にお）いがすることに気づけませんでした」

「土御門って……。一体誰のことなんですか」

青磁の顔が怒りに歪む。清廉（せいれん）なかんばせにさっと赤みが差した。

「七生を目の敵（かたき）にしていた陰陽師（おんみょうじ）です。恐らく陰陽師の名家としては五本の指に入る」

「名門なんですね。ひいおじいちゃんは、その土御門さんたちと仲が悪かったんですか？」

「ええ。彼らの式神の扱いに常に腹を立てていましたね。式神をモノのように使い捨てる連中です」

ならば善良な人間というわけでもなさそうだ。そんな陰陽師が、ひよりの周りで呪術を使っていたなど、穏やかな話ではない。

「半年前の痕跡ということですから、土御門がお前を狙っている可能性は低いでしょうが……。家の防備を固めておきます。くれぐれも、勝手な真似はしないように。例えば、陰陽師について調べるとかね」

青磁は陰陽師の仕事からやけにひよりを遠ざけたがる。

「青磁さんは、どうして私が陰陽師について調べるのを嫌がるんですか。別に、陰陽師として働こうなんて思ってないですし、ただ知りたいだけなのに」

「知ることに問題があるんだ。少量でも呪力のある者が、いたずらに知識を増やせば、陰陽道から引き返せなくなる」

きろりとひよりをねめつける、その眼差しは真剣だ。

「知らないままなら安全な場所にいられるのです。聞き分けなさい」

その言葉は、ひよりの口を封じるには十分な重みを持っていた。

翌朝の食卓はどこかぎこちなかった。

青磁の言葉に納得したわけではない。けれど、ひよりが下手に動けば、青磁に迷惑をかけてしまうような気がして、何も言えないでいる。

沈黙が重い。ひよりは必死に話題を探した。

「そ、そう言えば、五百旗頭さんが昨日私のことをまっすぐ歩きって言ってましたよね。あれってどういう意味なんでしょう」

「ああ、それは」

言いかけた青磁が、にやり、とあくどい笑みを浮かべる。

そこで初めてぎこちない雰囲気がとけた。ひよりもほっと口元を緩める。

「いえ、種明かしは店の主人がするのが道理。ただの式神は黙っていましょう」

「ずるい。青磁さん、楽しんでるでしょ！」

「もちろん。主がじたばたしているのを見るのは楽しいものだ」

「人でなし！」

「ええ、式神ですから」

そう言って涼しい顔で煎茶をすすっていた青磁だったが、やがて居住まいを正してひよりに告げた。

「今日の夜は空けておいてください。玉木薫の件を片づけます」

ひよりの胸が高鳴る。陰陽師としてはお荷物だけれど、鏡を持つだけなら、ひよりだって青磁の役に立てる。

ひよりは両手を握り締め、こっくりと頷く。

頷き返した彼女の式神は、緊張感のある眼差しをしていた。

一度家に帰って着替えたひよりは、青磁と共にあのプールへ向かっていた。彼女の手には布に包まれた鏡がある。

プールの前では、緊張した面持ちの薫が待っていた。

「鍵はこっそり開けておいたわ。……あの、ひよりちゃんが持ってるそれで、何かを退治する感じ？　武器とか持ってきた方が良かった？」

「いいえ。お前は私の邪魔をせず、ただそこにいればよろしい」

そう言って、青磁はさっさと建物の中に入ってしまう。暗い中を、まるで見えているかのようにずんずん進んでゆく式神を、二人の人間は慌てて追いかけた。

青磁は女子更衣室を通り抜け、確かめるように周囲を見回してから、プールサイドに出て行く。

人のいないプールの水面はしんと凪いでいて、天井から月の光が降り注いでいた。

「ひより。鏡を出して、月の光を集めて下さい」

「は、はいっ」

「私は？　私は何をすればいい？」

「そこに立っていて下さい。そう、プールに近いところに」

うずうずしている薫をプールサイドに立たせると、青磁は女子更衣室の前に立った。

ひよりは鏡を取り出して、降り注ぐ月の光を集めようと頑張った。しかしそもそも曇りに曇った鏡である上に、月の光というものは、太陽光のように集中させられない。

四苦八苦していると、青磁の口から朗々とあの言葉が紡がれ始めた。

「断ち切ることこそ我が力。悪しき縁、悪きものを繋ぐ全てを一閃のもとに伏し、快刀乱麻に縁を切る」

彼の手に、また大きな糸切りばさみが現れる。軽やかに鳴り響く鈴の音に、ほんの少しだけ鏡の表面が輝いたような気がした。

風も吹かないプールの水面が、ぞわり、とうごめく。

青磁が硬い声音で告げた。

「お早くお目覚めを。これより式神どもとその主の縁を断ち切り、野へと放ちます」

『――』

ひよりと薫は同時に顔を上げる。

今、確かに誰かが、応じた。

水面がぼこぼこ音を立てて盛り上がる。黒い影が見えたような気がするが、ひよりはその輪郭を完全には捉えられずにいる。

だが薫は違うようだ。彼女は魅入られたように黒い影を見つめている。

「目的は、玉木薫を狙う式神です。契約を断ち切れば、式神を縛める楔は外れ、悪鬼羅刹へと変貌するでしょう。ですが、その鏡があれば、問題ありませんね？」

『――応』

腹の底に轟くような、異形の声。

薫がぶるりと身を震わせた。反射的に叫ぶ。

「ひよりちゃん、あの影に月の光を合わせて！」

「は、はいっ」

鏡の角度を変えて、盛り上がりつつある黒い影に光を注ぐ。あれほどささやかだった月の光は、鏡を通ることで何らかの力を帯び、白銀の輝きとなって力を与える。

やがてぞろりと水の中から出てきたのは、一匹の白い大蛇だった。

真っ白な鱗は、月の光を受けてオパールのように輝いている。金色の瞳は敵意に爛々と輝き、青磁と同じ、女子更衣室の方を睨み付けている。

プールからいきなり大きな蛇が出てきた、という事実にびっくりしすぎたひよりは、口をぽかんと開けて、馬鹿みたいに突っ立っている。

だが薫は、口元を押さえ、まるで幽霊でも見たかのような顔で大蛇を見ていた。熱のこもった眼差しは、恐怖よりも驚きや喜びが勝っているようだった。

その様子を見た青磁は、糸切りばさみをぐるんと回し、その切っ先を女子更衣室の方に向けた。

「出て来い。玉木薫に仇なす傀儡よ」

冷たい風が吹き抜ける。プールサイドにある小物入れの扉が、けたたましい音を立てて開閉し始めた。

きゃらきゃらと耳障りな笑い声と共に、女子更衣室から現れたのは。

五体の人形だった。

棒切れのような軀体に、セーラー服をまとったそれは、ぞろりと長い黒髪を振り乱して、不気味な動きで青磁に向かってくる。

「あ、あれが式神……なんですか？」

「意思を持った式神というよりは、固有の目的のためだけに動く式神です。からくりに近いですが、かなりの強さを持っているようですね」

青磁がすんと鼻を鳴らす。

「……使い手の気配が分からない。熟練した使い手による式神だ。女子更衣室で小娘に嫌がらせをしていたのは、この式神たちに間違いありません」

「こいつらが……！」

薫が式神たちを睨み付ける。

「彼らの主の感情を反映して、より凶暴になっている。ほんとうは怪我の一つでもさせたかったのでしょうけれど、場所が悪かったですね」

「場所？」

「ここが水場である、ということが、彼らにとっての不運だったのですよ」

手足をひきつらせ、木製の歯を打ち鳴らして威嚇する人形たちの後ろには、赤い糸が見える。ふわふわと漂うそれは、どこかへと繋がっているようだった。

「あの糸を辿れば、あの式神を仕掛けた連中に繋がっています。下手人捜しは私の仕事ではないが、教えることはできますよ」

「興味はない。どうせ私に嫉妬する有象無象よ」

すっぱりと言い切った薫は、

「それより、水場だとどうしてあいつらにとっては場所が悪いことになるの？」

「お前を守るものがいるからです」

薫は、プールの真ん中で鎌首をもたげている大蛇を見た。

大蛇もまたその金色の眼差しで薫を見つめ返す。

ひよりは首を傾げる。

あの目線の交わし方は、まるで――思いを交わした恋人同士のような。

「分かっているようですね。そう、その大蛇です。お前は水の中で何かに触れられた、と言いましたが、あれは大蛇の加護だったのです。帰りの更衣室では何も異変が起こらなかったと言っていたでしょう」

「うん。じゃああなたが……私を？」

薫の問いに大蛇は答えず、シャッと赤い舌を突き出した。

その音に薫ははっとする。

でんでら、という歌の後に続いて聞こえていた、包丁を研ぐような音。それはこの蛇の、威嚇音だったのだ。

青磁は深く頷いて、糸切りばさみを構える。

「この名を広く知らしめよ。我はお前たちの縁を切り落とすもの、縁切り屋の青磁なり！」

ぞんっ、と風が吹き抜ける。青磁のはさみがぐるりと回転し、その切っ先に式神の赤い糸を纏めて捉えたかと思うと――。

ぷつんと切り落とした。

式神たちは体をばたつかせ、ごおう、と唸り声を上げる。先ほどまでは二本の足で立っていたはずなのに、四つん這いになってけたたましく歯を鳴らす。

その歯が徐々に人間のそれのような、真珠色を帯び始める。生々しい存在感を放つその歯を、がぱりと見せつけたまま、式神たちは跳んだ。

彼らの目標はただ一人。薫だ。

「薫さん、あぶない！」

彼女の右手から飛びかかってくる一体の式神。

その首を一閃のもとに伏したのは青磁だ。巨大な糸切りばさみの刃が、月夜に怪しく輝いている。

頭を落とされたその式神は、電池が切れたように動かなくなった。

仲間の死が式神たちを奮起させたのだろうか、いっそう激しくなる式神たちの攻撃を、青磁の糸切りばさみは華麗にさばく。

「あっ」

その脇をすり抜け、まるでゴキブリのような動きで薫に這い上ろうとするやつがいた。

ひよりはとっさに、手にしていた鏡でその頭をどすんと横殴りにしてやった。

たたらを踏んでよろけるその式神の背後を、青磁のはさみが襲う。

胴体と下半身が真っ二つになったその式神は、ぎゃあと断末魔の声を上げて倒れた。

「お見事。お前がそんなに俊敏に動けるとは思いませんでした」

「わ、我ながらびっくりです！」

なぜかこの鏡を持っていると、いつもより体が軽い気がする。気のせいかもしれないが。

残りは三体。

形勢の不利なことを悟ったのだろう、ひとかたまりになった式神たちは、薫目がけて一斉に飛びかかった。圧死させようとでもいうのだろうか。

だがいずれにせよ、式神たちはその目的を達することができない。

なぜなら白い大蛇が、その咢を大きく広げて、式神たちを丸呑みにしてしまったから。

「わ」

抵抗も、断末魔さえもない。鱗に覆われた腹が大きく波打っている。

ごぶんと呑み込まれた式神たちが、蛇の体内から逃げ出そうと暴れているらしい。

出の悪い洗濯機のホースみたいだな、とひよりが妙に所帯じみた感想を抱いている間に、大蛇は食事を終えていた。満足げに舌を出して、ぬっくりとプールから這い出る。

「……ありゃ」

その大蛇は、プールから出るなり、人の姿になっていた。

金色の瞳はそのままに、黒い短髪、端整な顔立ちの着物をまとった青年が、薫の前にたたずんでいる。

薫は青年の陶器のような肌にそっと手を伸ばす。

目を細めてその手を受け入れる彼に、薫が呟く。

「……なんでだろう。初めて見た気がしない」

プールから現れた巨大な蛇が、いきなり人間の姿に変化した。

そんな、映画のような光景が目の前で繰り広げられたのにも拘わらず、薫はただ目を細めて青年の頰に触れている。

薫の瞳は夢を見ているかのようだ。可憐な表情に、ひよりは思わずどきりとしてしまう。

「――もう、思い出せないくらい昔のことだけれど……。私、あなたに触れた記憶がある。あなたのにおいを覚えている」

青年は静かな声で言った。

「見覚えがあるのも当然のこと。そなたは私の花嫁だった」

薫はぱっと微笑んで言った。

「やっぱり」

ひよりはぽかんと口を開けてそのやり取りを見ていた。

「ええと……つまり、薫さんとあの白蛇さんは、結婚してた？」

「そのようですね。玉木薫の前世は、あの大蛇の神に生贄として捧げられた花嫁だったのです」

「薫さんはそれに気づいてなかったのかな」

「大蛇の神はひどく弱っていましたから、彼女に害意を持つ式神たちの気配に紛れて、分からなかったのでしょう」

「そっか。でも、また会えてよかったですね」

そう呟いて微笑むひよりだったが、薫と青年がそっと寄り添うのを見て、青磁を引っ張って慌ててプールサイドから離れる。

「そう急がずとも」

「いやいや、お邪魔はだめですよ青磁さん」

二人の雰囲気を壊してはいけない。

外に出てほっと一息ついたのも束の間、ひよりが、あっ、と声を上げた。

「青磁さん、鏡の様子が変わっちゃってるんですが！　さっき私がこれで式神を殴ったから、壊れちゃったのかな」

「特に壊れてはいないと思いますよ。それにしても、我が主ながら、いい鏡さばきでした。それは明日、五百旗頭殿の所へ返しておいて下さい」

「分かりました」

先程まで曇り切って、土と泥に汚れていた鏡は、少しだけ汚れが落ちている。装飾に椿の花が刻印されていることにひよりは初めて気づいた。

現代の鏡のように、顔がしっかりと映るというほどではないが、鏡面もかなり明るくなった。街灯の光が反射して、少しまぶしいと感じる。

ひよりは何だか嬉しくなった。この鏡のあるべき姿に近づいたという感じがする。

「すごい、ぴかぴか」

「ぴかぴかというほどではないですが、前に比べて格が上がりましたね」

青磁は事もなげに、

「月の光と水の神によって、神気を受けたからでしょう。これで鏡を借りた対価は払えそうだ。いや、むしろおつりが来るかもしれません」

「水の神……ってもしかして、あの大きな白蛇さんのことですか」

「ええ。この辺りには昔小さな川があったと言いますから、あの白い大蛇はその川の守護者だったのでしょう」

青磁が改めて説明してくれる。

明治時代に潰されたらしい川は、少しだけ残っているものの、かつての見事さはない。

だが、かつて川があった場所に、新しくプールができたことから、水の神は新たな居場所を得る。

とは言え、人工的な要素の強いプールでは、本来の力を発揮できず、確固とした姿を取れないでいた。でんでら、という言葉は、かつて彼が神であった時に歌われていた祝詞で、手慰みに口ずさんでは往時を懐かしんだ。

かつての川が恋しい。大蛇の姿も取れぬまま、現世に身を置き続けることの、何と辛いことだろう。

そこに現れた、薫という女。禍々しい怨念の残滓をまとわりつかせながらなお、美しく輝く彼女は、彼のかつての花嫁が転生した姿で。

守りたいと強く思った。己の力全てを使ってでも、この女に絡みつく怨念から守ってやりたいと。

「そこにお前が鏡で月の光を与えたでしょう。月の光は神にとっては百薬の長。鏡によって増幅された月の光を受けた神は、ああして神の力を取り戻したというわけです」

もっとも、完全に力を取り戻せたわけではない。力の強さは青磁と同ていどで、同じ神でも例えば石蕗ほどではないと言う。

「だがあの小娘を狙う手合いを退けるだけの力はある。これでこの件からはさっさと手を引きましょう」

「確かに、あんなに頼もしいボディーガードがいれば、もう安心ですね」

「ええ。式神を使って嫌がらせをしようなんていう執念深い連中も、一呑みにしてしまえるでしょう」

ひよりは、プールサイドの二人を思い浮かべる。

「にしても、お似合いの二人でしたね！　美男美女は絵になるなあ」

「美男美女と言いますが、片方は神ですよ。人ではありません。由緒正しい存在です」

「確かに蛇の神様が、急に人間になったのにはびっくりしましたけど……。でも、相思相愛ですよね？　それなら恋人や夫婦になったって変じゃないですよ。二人がまた会えてほんとうに良かったです」

先入観がないゆえか、ひよりは神と人の婚姻をたやすく受け入れている。式神である青磁にとっては、人や神、精霊、式神といった区別は絶対的なもので、その垣根を越えることには、なかなかの違和感を覚えるものなのだが。

そんな青磁に、ふといたずら心が湧いた。

「神と人との婚姻に違和感を覚えないということは、人と式神……つまり、お前が私に恋愛感情を抱くということも、お前にとっては普通のことなのでしょうか？」

からかいのつもりだった。年頃の娘らしく顔の一つも赤らめるかと思ったのだ。

しかしひよりは、きょとんとしてから——腹を抱えて笑いだした。

「あっははは！　わ、私が、青磁さんと？　恋人？　そんなの絶対ありえないですよー！　青磁さんがそんな質問するなんて！」

「ばっ、そ、そこまで笑うやつがあるか！　冗談ですよ冗談、誰がお前のようなぼやぼやした小娘に恋愛感情など抱くというのです！」

「分かってますよー、だから面白いんじゃないですか。青磁さんもそういうところ、気にするんですねえ」

「き、気にしているのは私ではなく、お前が年頃の娘だからこういうことが気になるのかと……！　ああもう良い、帰ります！」

「笑っちゃってごめんなさい、青磁さん！　待ってくださいよ、私も帰りますから！」

ひよりはけらけら笑いながら、耳を真っ赤に染めた式神の後を追いかけた。

どろりと淀む大気の中、やけにぬめぬめと白い肌を持つ男が目を開けた。

金に近いとび色の目が、闇を射貫くように天井へと向けられる。

そこからそろりと降りてきたのは、一匹の蜘蛛だった。

「仕損じたか」

「そのようです。申し訳もございませぬ、主。ですが、我らの正体は感づかれていないようです」

「当然だ。簡単に足がつくような術を使わせる我と思うてか。それにしても、五体がかりで女一人傷つけられぬとはな！　土御門家の式神ともあろうものが、とんだ無様を晒してくれたものだ」

「加勢がありました。川の神の成れの果てが一体、それから縁切り屋の青磁が一体」

「縁切り屋」

おうむ返しに言った男は、喉の奥でくつくつと耳障りな笑い声を立てた。

「あの憐れな小雀か！　あれの主――野見山七生は忌々しい男だった。裏で手を引き、戦場へと追いやったが……そのままおっ死んでくれてせいせいしたわ」

だが、と土御門のビー玉めいた目がぎろりとうごめく。

「主を失った式神がなぜ生きている？」

「少女がいました。恐らくは野見山の血を継ぐものでしょう」

「それがあの小雀を使役しているとでも言うのか？　陰陽寮において、野見山の名は途絶えたはずだが……。まあいい。この我の情報網に入って来ないということは、どうせ取るに足らぬ存在であろう」

土御門はゆっくり足を組みなおす。

優美な仕草の中に、男の怒りが爆発する兆候を読み取り、蜘蛛は身をこわばらせる。

「三流式神に後れを取った罰を与える」

そう告げて億劫そうに手を振った。

それだけで、蜘蛛の体が霞のように消えてしまう。主の怒りを買った式神の、憐れであっけない末路だった。土御門にとって式神は、使い捨てできる便利な手駒にほかならず、ゆえに憐憫の情も後ろめたさも一切なかった。

心にわだかまるのは、プライドを傷つけられた怒りのみ。

「縁切り屋、か」

呟いて、土御門は懐から水晶玉を取り出した。

手のひらに収まってしまうほどのそれは、禍々しい黒い煙のようなもので満たされている。玉を転がすと、その煙もゆらり、ゆらりと蠢いた。

水晶玉からは、水の腐ったような嫌な臭いが漂っていた。

「我が呪術の粋を集めたこの呪い。人間社会でかき集めた恨みつらみ、妬み、嫉みを呪力へ転換する希代の術式。――剝離糾」

愛おしむというにはあまりにも粘ついた手つきで、男は剝離糾を撫でる。これは土御門の技術の粋を集めた一級品で、そのぶん仕込みに時間がかかった。

呪術というものは、一朝一夕で出来上がるものではない。時間を置き、寝かせて、熟成させてこそ、よりよい呪いとなって相手の体に食い込むのだ。この剝離糾を仕上げるために、数百体もの式神が死んだ。

「尊い犠牲であった。有象無象の精霊にしか過ぎなかった存在が、我が至高の呪術の土台へと昇華されるのだから、むしろ感謝されるべきである」

にたり、と笑う土御門の脳裏を、あの憎たらしい野見山七生の顔がよぎる。

あれはずいぶん式神を大事にする陰陽師だった。陰陽師よりも下等ないきもの、従えるべき奴隷のせいで、命を落とす羽目になったのだから、世話ないが。

「ああ、やはり野見山家は目障りだ。白い敷布に落ちた汚い染みだ。連中には過ぎた術式だが、どれ、剝離糾の実験台にでもしてやるか」

下卑た笑みが響き渡る。土御門は剝離糾に口づけしかねない勢いで顔を近づけた。

水晶玉の中では、呪いが黒く凝って淀んでいる。

「もうあと少し、ほんの僅かで完成する。完成した剝離糾は、一体どれほどの威力を持つのだろうな？　早う試してみたいものだ」

土御門の顔が醜く歪む。剝離糾はその思いに応えるように、いっそう暗く輝いた。

四章

　とろとろとまどろんでいる。まどろんでいるから、これが夢だと断言できる。

　夢の中でひよりは、誰かと一緒にいる。男の人だ。自分より五つくらい年上の、黒目がちのひと。ちょっと人間離れした美しさは、青磁に似ている。

　ひよりはその人を、師匠と呼んでいる。

　師匠だなんて何だか古風だなあと、夢の中のことながら面白くなってしまう。しかもその人の顔が、やけに整っているからなおさら愉快だ。こんな相談相手がいたらいいなあという願望の表れだろうか？

　その師匠は、ひよりにずっしりと重たい包みを手渡す。

　緋色の、厳重に術のかけられた布にくるまれていたのは、一枚の鏡だった。

　あの鏡はちゃんと弦狼堂に返したはずなのに、と思いながらも、ひよりは優しくその縁を撫でた。鏡面が美しく輝く。

「これはお前にしか扱えないものだ。分かるだろう、この鏡は——もはや神鏡の域にあり、並大抵の陰陽師では触れるどころか、視界に入れただけで痛みが走る」

「はあ」

もっと気の利いた返事がしたかったが、これがひよりの限界だ。

「私も触るのがやっとのこの鏡を、お前は普通に持ち運んでいる。……それどころか、家に置いて平気な顔をしてるじゃないか？」

「便利なんです。よく私の間違いを指摘してくれます」

「ああ、お前が最近遅刻しないのはそのためか。お前はもう陰陽寮にいるより、この鏡と共にこの大地を旅する方が、向いている気がするな」

「それは――お師匠様の卜占ですか」

「どうだろうな。それよりよく聞け。お前は誰よりもどんくさくて、俊敏とは言えないが」

「……はあ」

酷い言われようだ。夢の中でくらい、身に余る誉め言葉を受けてみたいのだが。

「お前の丸さは。月のように優しい心は。全てに調和をもたらし、あまねく争いを退けるだろう。お前はそれを、皆ができることだと思うだろうけれど、ほんとうは、望んだって手に入れられないものなんだよ」

師匠の眼差しが妙に優しくて、怪訝に思う。

これではまるで――遺言だ。

こちらの気持ちを読み取ったのだろう。師匠は茶化すように笑って。

「――とまあ仰々しく言ったが、それしか取り柄がないのだから頑張りなさい、ということだな！　陰陽師としてはへっぽこであることを忘れないように」

そう言ってその人は、どんどん遠ざかってゆく。夢だから急に背景が変わることも珍しくないとは言え、急に雰囲気が変わってしまう。

「し、師匠、そっちは」

その人は燃え盛る炎に包まれた都の方に行ってしまう。

すっかり様変わりし、炎の化粧を刷いた都には、悪鬼羅刹が飛び交っている。

赤々と濡れた空に覆われた都に足を踏み入れれば、随一の陰陽師である師匠でも、無事では済まない。

「師匠」

手の中でぶるぶると鏡が震える。行くな、と制止されているようだ。

鏡は言う。

——守り手よ。私たちの役目は拒絶にあらず。

——良きも悪しきも全て取り込み調和をなす、真円の心こそが私たちの信念。

「……でも、それでは」

涙が頬を伝うのを感じる。

都はいよいよ燃え盛り、生者の気配は遠く煙の向こうに霞む。

炎を追い払い、煙を吹き飛ばす力は——ない。誰も助けられないで、ただここで手をこまねいている。

「私たちは、見ていることしかできないということですか」

――今は、まだ。

「じゃあいつになったらあそこへ行けるの。いつになったら、私は強くなれるんですか」

鏡は答えない。

力を手に入れたいのに。何者かになりたいのに。薫のように颯爽と、誇り高く生きてみたいのに。それはだめだと言われてしまう。

「私はまた失敗するんですか。おんなじ過ちをしたくないのに、今度こそ逃げないで闘いたいのに、それは私には難しいことですか」

夢と今の自分がごっちゃになっている。輪郭がとろけて、心臓がばくばくいって、頭の中の微かに残った理性が、目覚めを知覚している。

鏡は最後に、聞き覚えのある声でこう言った。

――恨まないで。吼えないで。他者に牙を剝かないで。それは獣の領分だから。

――大丈夫、あなたならできる。もうできている。

――あとは、心を強くもてば。私のほんとうの姿を見せてあげられるから。

「……ふわあ」

目覚めたひよりは、ベッドの上でしばらくぼうっとしていた。

鼻の奥に煤(すす)の匂いが残っている気がするくらい、生々しくてドラマティックな夢だったが、ひよりを惑(まど)わせる言葉ばかり投げかけられた気がする。

「せめて夢の中でくらい、どうすればいいか、はっきり分かればいいのにね」

ひよりは切なげに呟(つぶや)くと、ゆっくりベッドから起き上がった。

どうにも夢見の悪いまま今日の授業を終え、学校を出ると、誰かに声をかけられた。

「ひよりちゃん！」

薫だ。しかもその後ろには、あの水の神さまもいる。

彼はデニムに大学名入りのスウェットというカジュアルな格好なのだが、それがやけに似合っている。やはり元々持っている素材が違うからか。

「薫さんと、水の神さま」

「あ、このひとには一応霧生(きりゅう)って名前をつけたから、それで呼んでくれる？」

「霧生さん……。それは昔川だった頃(ころ)の名前とかなんですか？」

「あ、いや、その時読んでた漫画(まんが)から」

「二人って昔は恋人同士、っていうかご夫婦だったんですよね⁉　それでいいんですか⁉」

「あ、ひよりちゃんも分かってたんだ。そうらしいね、なんか。でも聞いてみたら酷いんだよ、前世は霧生が先に死んじゃって、私を置いてったんだって！　私、二十代の若さで未亡人だよ未亡人！　まったくもう」

薫の物言いは、照れ隠しというわけではなさそうだ。薫さんってほんとうにすごい、と感心しているひよりに、霧生が尋ねた。

「そなたの周りで、最近なにか妙なことは起こらなかったか」

「妙なこと？」

「ちょっと霧生、いきなりそんなこと聞いたってひよりちゃんも答えづらいでしょ。私から話すね」

姉さん女房的な仕切りを見せつつ、薫が説明したことを要約すると。

どうやら、薫にあの式神たちを放った連中が、満足していないらしいということだった。

帰宅したひよりは、薫の話を青磁にそのまま伝えた。

「つまり、連中が私たちに逆恨みをしている可能性があると？　おかしなことを言う。あの式神たちに手を下したのはその霧生とやらではないですか」

渋茶をすすりながら、いかにも迷惑そうな顔をして言う青磁。

さすがのひよりもこれには突っ込まざるを得ない。

「青磁さんも、あのはさみで普通に式神の頭ちょん切ってませんでしたっけ？」

「当然です。あれだけ権能のあるはさみを持っておきながら、縁の糸を切るしか能がありませんなんて、そんなことあるはずないでしょう」

「いやだからつまり、青磁さんも狙われる理由があるってことですよね！　っていうかあれ、結構古いはさみだったりするんですか？」

「そうですね。七生の曾祖父の曾祖父の曾祖父が、切れの悪いはさみを使って仕事をしている妻を見かねて打ったはさみですから、権能というか執念というか、そういったものならあります。何しろ陰陽師の鍛冶です、即付喪神になってもおかしくはないですね」

「優しい旦那さんだったんですねえ。っていうか、そんな昔からあるんだ……」

ん？　と考え込むひより。

「そもそもうちって陰陽師の家系だったんですか？」

「名の知れた家ではありませんが、陰陽寮に所属する正統な陰陽師を代々輩出してきた家だと聞いています」

「し、知らなかった……」

「他の名家と違って、陰陽師の素質を持った人間を選りすぐって家に迎え入れることをしてこなかったので、血が薄いんですよ。才能のあるものが出てきたら、陰陽師の修行をさせる感じですね」

「つまり緩い方針なんですね。で、青磁さんははさみと一緒に、代々受け継がれてきた式神とかですか？」

「いいえ、はさみと私の誕生は必ずしも同時ではありません。少なくとも私が縁切り屋を始めたのは、七生の頃からですし」

「ふうん？　じゃあはさみが先にうちにあって、それを青磁さんが譲り受けた？」

「ええ。縁があったのです。……私のことはいい、続きを早く言いなさい」

話が脱線したのは青磁のせいではなかったか、と思いつつひよりは先を進める。

「薫さんに式神を遣わした人は、一回やられたくらいじゃ諦めなかったみたいで、今でも薫さんをつけまわしているんですって。一緒に式神をやっつけた私たちにも呪いを送ってくる可能性があるって、霧生さんが言ってました」

霧生は直接警告を受けたのだそうだ。野見山の人間もろとも復讐してやる、という怪文書めいた警告からは、強い呪力が感じられ、冗談の類ではなさそうだと思った薫が、ひよりに状況を伝えたのだ。

「呪い？　……まあ、式神の反魂をされれば、向こうの矜持はずたずたでしょうから、想像がつかないこともないですが」

「そういうものですか」

「陰陽師とは、子どものような生き物ですから。誇り高く、敗北を許容できない。自分が丹精を尽くした式神を反魂させられるのには、我慢ならなかったんでしょうね」

「反魂って、殺すって意味であってます？」

「はい。縁を切ってから反魂したので、人間の方に危害は及んでいないはずなのですが。あの時無理にでも下手人の痕跡を追っておけばよかったですね。式神からは使い手の様子が読み取れなかったので、あの時にも言った通り、かなり能力の高い陰陽師だとは思うのですが」

青磁曰く、縁が繋がっている——契約状態の式神が反魂されると、その使い手にも少なからず影響が及ぶのだと言う。

それを避けるため、青磁は縁を切ってから霧生に退治させたのだ。

その心遣いがあだになってしまったということか。

「だが、それで呪術とは穏やかではありません。それがもしお前に及ぶようなことがあれば、私は悔やんでも悔やみきれない」

目を細めた青磁は、いつものようにひよりに言う。

「守りを固めます。お前は何もせず、私の言うことを大人しく守るように」

「……はい」

❋
✿
❋

その客は音もなく野見山家の門を叩いた。

「弓削と申します。青磁さんにお目通り願えますか」

ひよりと青磁が客間に案内すると、流れるような仕草で座布団の上に座った。和室で生活し慣れている者の所作だ。

三十代くらいだろう。きっちりとスーツをまとい、髪をセットし、一分の隙もない大人という印象だ。

青磁の名を知っている人間ということは、陰陽師だろうか。だとしたらとんでもないやり手に違いないとひよりは思う。身なりや立ち振る舞いが、尋常ではない。

青磁は自ら淹れた茶を出すと、静かに尋ねた。

「それで、ご用件は」

「式神の縁切りをなさっていると聞いた。私の式神との縁を切ってもらいたい」

「それはつまり、あなたの式神は、あなたとの契約を断つことを嫌がっている、という理解でよろしいでしょうか」

「そうなります」

要するに、人間はその式神を解雇したいが、式神はそれを嫌がっているということだ。

ひよりは少し切なくなる。

嫌がるものを無理やり断ち切る必要なんて、あるのだろうか。人間の都合で、いらないからと切り捨ててしまうのは、あまりにも自分勝手なのではないだろうか。

もやもやするひよりの様子など意に介さず、弓削は自分の式神を呼ぶ。

「出てこい、小狐」

それは一人の少年だった。甚平をまとい、くりくりと茶色い髪の毛が愛らしい。

だがその頭には、ふわふわした耳が生え、お尻には美しい毛並みの尻尾があった。人間になりそこなった狐、という感じだろうか。

恥じ入った様子で、畳の上に直接正座する式神に、ひよりは思わず座布団を勧めた。

「あ、あの、よければこの座布団、使ってください」

「結構。無能な式神にもてなしは不要です」

弓削の言葉は鋭利な刃物のようで、式神の心だけでなく、ひよりの心にも突き刺さる。

青磁は目を細めて弓削を見る。

「この家にいらした以上はお客様です。座布団をどうぞ。茶も持って来ましょう」

「……そういうことならば」

小狐は弓削の顔色をうかがいながら座布団に座る。青磁が使役する雀たちが、茶碗を入れた籠を持ってぱたぱたと台所の方から飛んできた。

その様子を見、弓削が口の端を吊り上げる。

「断ち切りばさみ。雀。……なるほど、これならば確実に縁を断ち切って頂けそうだ」

鈍いひよりにも分かる、嫌味っぽい言い方だ。人に対して「嫌い」と思ったことのないひよりだったが、弓削に対してだけは妙な敵意を抱かされた。

「あの……主様。やっぱり僕は、いらない式神なのでしょうか」

「同じ問答をよそ様の前でする気はない。聞き分けろ」

「でも、これからもっと頑張ります。修行もしますし、術の訓練もします、主様のお口に合うお茶を淹れられるようにしますから、だから……！」

「そういう問題ではない。三か月も修行すれば、お前に才能がないことは分かる」

そう言って弓削は青磁の方を見る。

「弓削一門と言えばあなたにも分かるはずです。私たちは卜占に長けた一族であり、その占いの内容を巡って、日々張りつめた生活を送っている。だというのに、この小狐ときたら、放っておけば本を読み、いらないものばかりを引っ張り出しては騒ぎを起こす」

「……卜占の才能があったから、彼を式神に引き立てたのでは？」

「いいえ、志願してきたのです。私の式神になりたいという彼の心を汲んで、一時は式神に召し抱えましたが、勘がなさすぎる。卜占には向いていない」

小狐の肩が震える。自分のふがいなさを、他人の前で言われてしまうのは、どれほど悔しくて恥ずかしいことだろう。

ひよりの心がつきんと痛む。どういうわけだか今日は、この式神にひどく感情移入してしまう。ともすれば、自分を重ねてしまいそうになる。

何にもできない自分に。

「向いていないのでしたら、仕方がない」

「えっ？」

ひよりは思わず顔を上げて青磁を見た。

彼は既にあの糸切りばさみを取り出している。

「青磁さん、縁切りするんですか」

「それが仕事ですから」

「でも、彼は嫌がって……！」

食い下がろうとするひよりを、青磁は目線で制した。その眼差しの冷たさに、今回ばかりはどんな懇願も通用しないのだと悟る。

急に青磁が遠くなったように感じる。今まではひよりが頼めば、渋々とではあるが、助けてくれていたのに。

縁切りは避けられないと悟った小狐は、観念したように背筋を伸ばし、少年の姿から小狐へと姿を変えた。その口元は震えている。

「僕は、主様に憧れていました。僕もあんな風に未来を予知して、人の役に立てたらって……思ったんです」

小狐はそう言って、か細い声で笑う。

「でも、だめでした。卜占に必要な才能が僕にはないし、そもそも高度な術を操れるだけの力もない。頑張ったけれど、全然だめでした」

諦めたような口調がひよりの胸を締め付ける。

彼女の脳裏に、かつてのクラスメートたちの顔が蘇る。

あれほど仲が良かったのに。尽きないお喋りで、涙が出るほど笑い転げていたのに。

いつしか彼女たちは冷たくなった。

それは、ひよりが、役立たずだから――。頑張ったけど、だめだったから。

心がざわつく。小狐の諦めの気持ちと共鳴するように、自分の中から得体のしれない強い感情が沸き起こってくる。

弓削が吐き捨てるように言ったのだ。

「もうお前は私の式神ではない。二度と主などと呼ぶな」

その冷たい言葉に指先が震える。胸にこみ上げてきた感情は、ずっと前から見ないふりをしていた――怒りだった。

　気づけばひよりは、青磁と小狐の間に割って入っていた。

「ひより。縁を切りますから、どいていなさい」

「どかない！」

　ひよりは拳を握りしめて叫ぶと、きっと弓削を睨みつけた。

「一度は式神として迎え入れたのなら、たったの三か月で才能がないなんて言って放り出さないで下さい！　この子の気持ちも考えないで、無責任すぎます！」

　それから、とひよりは青磁にも向き直る。

「青磁さん、あなたは私に陰陽師のことを知らないままでいろと言いましたね。その言葉通り、あなたは何も教えてくれなかったし、調べることも許してくれなかった。でもやっぱり、そんなのはおかしい。それを知ってどうするかは私が決めるの、あなたが決めることじゃない！」

「ひより、客人の前ですよ！」

「お客さんの前だから言うんです。あなたが私を守ろうとしてくれていることは分かる。でも私は強くならなきゃいけないの、そうじゃなきゃ、この半年が……。転校してきた意味がなくなっちゃう！」

　叫んでひよりは立ち上がると、小狐の体を抱きかかえて部屋を飛び出した。

　待ちなさい、と制止する声は青磁のものか、それとも弓削のものだったのか。

分からない。ただ必死になって玄関まで走って、家を飛び出した。

「お姉さん」

腕の中の小狐が途方に暮れたように呼ぶ。ひよりは答えない。ちょうどやってきたバスに飛び乗って、スマートフォンの電子マネーで運賃を払った。小狐は、誰にも見えていないようだったので、払ったのは一人ぶんだった。

青磁ほど力のある式神であれば、力のない人間にも見える。

けれど小狐は、普通の人間には見えない。それほどささやかな存在なのだ。

そういう非力ないきものだからこそ、陰陽師のような力のある人間が、守ってあげなければいけないのではないだろうか。そう考えるのは、ひよりが素人だからだろうか。

のろのろと座席に座る。小狐は大人しく抱かれたままだ。ただ、時折気づかわしげにひよりを見上げてくる。

ひよりは黙って車窓を流れる景色を見つめていた。

バスが駅に着くころには、さすがのひよりも思考力を取り戻しつつあった。

かなりまずいことをした。どうして衝動的に式神を連れ出してしまったのか。いや理由は何となく分かるのだが、これでは青磁の顔に泥を塗ったも同然だ。

しかし、このまま帰ればこの式神は、主から無理やり縁を切られてしまうのだろう。ただ向いていないだけなのに、使えない式神というレッテルを貼られて。

そんなのは嫌だ。

「お姉さん、どうするの」

小狐が尋ねる。ひよりは駅の改札にある路線図を見上げる。

小夜子の家にでも転がり込もうか。けれどその場合、この小狐をどう説明するべきか。

「……あ」

ひよりの脳裏を、ある人の言葉がよぎった。慌ててスマートフォンを取り出す。

スマートフォンとケースの間に忍ばせていたのは、あの弦狼堂の名刺だった。

自分の敷地の木の上で、優雅に午睡をしていた土地神は、その知らせにけらけら笑った。

「へえ、ひよりが狐の式神と一緒に逃げ出した？」

面白そうに言う石蕗とは対照的に、青磁の顔はひきつっている。

「やるじゃないか。あの小娘、ああ見えてなかなか骨太だな」

「どこが骨太だ！　様子がおかしいと思っていたが、あんな馬鹿げた行動に出るなど！」

「まあまあ。たまには反逆も必要だ」

「悠長なことを言うな、土地神ふぜいが」

「お、今の物言い、ひよりにも聞かせてやりたいねえ。どうせあの小娘は、お前のことを礼儀正しいスマートな奴だと思ってるだろうからな」

「七生は粗野な物言いを好まなかった。ひよりもそうだ、だからそれに合わせていただけのこと」

「献身的なんだか不誠実なんだか分からんな」

ぞっとするほどの美貌に嘲笑を浮かべ、石蕗は青磁を見下ろす。手負いの虎のように木の下をうろうろする式神は、なかなかの見ものだ。

「あなたの所にもいないなら、一体どこへ行ったんだ？　式神を抱えて頼れる場所などないだろうに。ああそうだ天気予報は雨だった、もうじき降りだすんじゃないか？」

「降るね」

「ひよりは財布を持って行っていない！　傘を買う余裕なんてないのに」

青磁の脳裏に、雨に打たれてべそべそ泣いているひよりのイメージが浮かぶ。濡れた段ボール箱の中で鳴いている捨て犬のイメージと、ほとんど変わらない。

「落ち着け。あれだって子どもじゃないんだ、雨が降ったら雨宿りするくらいの分別はあるだろう。……あるよな？」

「口を慎めよ。ひよりを馬鹿にしていいのは私だけだ」

青磁は懐からおびただしい数の雀を呼び出す。

「ひよりを捜せ。何かあったら知らせなさい。——玉木薫のことでひよりが狙われているかもしれない今、座して帰りを待ってはいられない」

雨の気配を含んだ、重苦しい大気の中を、小鳥たちは一斉に飛んでゆく。

その後ろ姿を、ほとんど睨みつけるようにして見つめている青磁。

石蕗は苦笑し、

「お前は相変わらず主のことが見えてないねぇ」

「……なんだと？」

「ひよりを捜すのも無論大事だが、見つけてどうする？　説教でもするか？　人の仕事の邪魔をするなと」

「いや——そんなつもりは、ないが」

「お前が今考えるべきは、ひよりの居場所じゃなくて、なぜひよりが式神を連れて家から飛び出したのか、じゃないのか」

「……」

青磁は視線を落とす。染み一つない足袋の先端に、ぽつんと雨粒が落ちる。

ひよりの、子犬のような笑顔に時折混じる、頑なな表情。恐らくは触れられたくないであろう、彼女の心のもろい部分。

今まで踏み込めないでいたその場所に、彼女が飛び出していった理由がある。それは青磁も分かっている。

「ひよりは、強くならなければいけない、と言っていました。そうでなければ転校した意味がないとも」

「賢い子だ。そう、あの小娘に唯一欠けているものはそれだからな」

「強くなる必要なんてない。だって七生は、強くなったから、土御門に目をつけられたんです。だからひよりは弱いままでいい、そうじゃないと」

「そうじゃないと狙われる？　土御門の不興を買った七生のように、戦場送りにされる？　それはお前の妄想じゃないのか」

「馬鹿を言え。私の妄想でないと誰が言い切れる！」

悲痛な叫びが境内に響き渡る。石蕗は黙って青磁を見下ろした。

握りしめた両の拳が震えている。青磁という名の式神が、最も恐れていることが何なのか、石蕗は知っていた。

それは主を失うこと。一度ならず二度までも。

「青磁。雛鳥のようにひよりを守り続けても、それは彼女のためにはならない」

「……」

「時には雨に打たれるのも、強い翼を作るためには必要なことだ」

勢いよく落ちてくる雨粒が、乾いた石畳に染みを作り始めていた。

落ち着いたのか、少年の姿に戻った小狐と手を繫ぎ、坂道をまっすぐ上る。空は今にも雨が降り出しそうだ。

左手には静まり返った墓地があり、すぐそこには、花の咲く庭が見えている。

「……あれ？　朝顔、咲いてない」

ひよりは弦狼堂を目指して歩いていた。この名刺があればたどり着けると思っていたが、目印になる輝く朝顔はどこにも見当たらなかった。

「やっぱり、何かの用事がないと開かないのかな……」

「お姉さん、名刺、光ってます」

「えっ？　あっ、ほ、ほんとだ」

手にした名刺が金色に光っている。その光は庭の横にある小道を指し示していた。

ひよりはその小道に足を踏み入れる。両脇を灰色の塀に囲まれ、野良猫くらいしか通れなさそうな狭い道だが、体を横向きにしてじりじりと進んだ。

「あ、扉です！」

小狐が叫ぶ。彼の指さす先には、重たそうな鉄の扉があった。蔦の覆い被さったその鉄扉を、二人がかりで押し開ける。

鈍い音と共に扉が少しずつ開いてゆく。差し込む微かな光と、かび臭い匂い。

重い扉の隙間に体を滑り込ませて中に入った。

「……あれ」

見覚えのない店内に、ひよりは戸惑って何度も瞬きする。

初めて来た時、ここは一本道だった。左右にたくさんの棚がある、それだけだったのに。

目の前に広がる何本もの道を見て、ひよりはうろたえた。天井が低く、枝分かれした道は曲がりくねっていて、先の様子が分からない。

まるで迷路だ。

「い、五百旗頭さーん……」

呼ぶ声はいたずらにこだまするばかり。もちろん返答はない。

小狐は怯えたようにひよりの手を握り締め、体を近づけてくる。その小さな体温に背中を押され、ひよりはおずおずと一歩を踏み出す。

右の道を選んで進んだ。あちこちに明かりがあるおかげで、足元は楽だが、無秩序に落ちている骨とう品が厄介だった。

「うわっ、この壺、半分床に埋まってる」

「この宝飾品も、埃まみれですね……うう、掃除したい」

「小狐ちゃんは、綺麗好きなの？」

「はいっ！　でも、掃除ばっかりするなって怒られちゃうんです。主様に……」

言いかけて、式神は少し寂しそうに笑う。

「もう、主様じゃないんだった。弓削様、ですね」

「……あのね、あの、勝手にここまで連れてきて、ごめんね」

「いいんです。僕の気持ちは、弓削様には関係のないことだから。使えない式神の縁を切る、それって陰陽師にとっては普通のことです」

「でも……！　でも、悲しいよ。向いていないだけなのに、無能なんてひどいこと言われて、ここにいちゃいけないって言われるのは――辛いよ」

声が震え、鼻の奥がつんとなる。

「い、五百旗頭さんに会おう。そしたらきっと、何かアドバイスをくれるかも」

「その五百旗頭さんという方は、この建物のどこにいるんでしょう」

「分かんない……」

そう言っている間に、また道が枝分かれする。

心なしか天井がまた低くなって、床に落ちているものも、割れた皿だったり使えないカンテラだったり、すさんだものが多くなってきたような気がする。

目の奥が熱くなって、あ、もうだめだ、とひよりが思った瞬間だった。

「お嬢さん、こっちは行き止まりだよ」

赤い提灯を掲げて立っている五百旗頭が、そこにいた。

それと同時にひよりが抑えていた感情がぶわりと決壊し、わけの分からない涙となってあふれ出る。

「う……うわぁぁぁぁあん」

子どものように泣き出したひよりに、小狐もつられて顔を歪めた。一回しゃくりあげたのを皮切りに、ぼろぼろと大粒の涙を零す。

泣きじゃくる二人を前に、五百旗頭は小さくため息をついた。

五百旗頭が居間代わりに使っている洋間で、ひよりと小狐は、ふかふかのクッションにうずもれていた。

洋間には調度品らしいものはあまりないが、象眼細工の施された木のテーブルだけは、よく手入れされて使い込まれているようだった。

ひとしきり泣きじゃくったら、何だかすっきりしてしまい、年甲斐もなくべそべそ泣いたことが急に恥ずかしくなってくる。出されたお茶をむやみにすすりながら、ひよりは五百旗頭に向き直った。

「落ち着いたかな？　さて、その式神はどうしたんだ、お嬢さん」

「私が、連れてきちゃったんです」

縁切りするところを見ていられなくて、連れてきてしまったのだと説明すると、五百旗頭は少し驚いたような顔をした。

「私にできることなんかないのに、小狐ちゃんを連れて飛び出しちゃったんです」

「それはなぜだ？　お嬢さんは元々、そんな発作的なことをする娘ではないだろう」

「お恥ずかしい……。あの時は、弓削さんがすごく勝手なことを言っているように思えたんです。三か月くらいでその式神の才能を見極めるなんて、せっかちすぎます」

「陰陽師とはそういう生き物だからな。だが、それだけではないだろう」

「う……。そ、それに青磁さんも、私が陰陽師について調べようとするのを止めようとしてて、それって何だかすごく期待されてないんだなって思って、腹が立っちゃって」

「おう。つまりこの家出は、青磁への当てつけ、ということか」

「な、何だか私、すごく子どもっぽいですね。でも、小狐ちゃんが、能力がないとか、才能がないとか言われているのを見るのがすごく辛かったんです。まるで自分が言われているみたいで」

五百旗頭は得心した様子で頷いた。

「それはそうだろう。お嬢さんの気質は、鏡であるからな」

「また鏡、ですか……」

「また？」

「あ、いえ。そういう夢を見ただけなので、あの、気にしないで下さい」

「待て、夢だろう？　ヒトの見る夢はただの夢ではない、事実に繋がる重大な手がかりでもある。聞かせてくれないか」

低い声で優しく言われ、ひよりは師匠と呼んでいる男性と、鏡が出てきた夢を話した。

すると五百旗頭は目を細め、

「なるほど。いつ言おうかと思っていたが、夢まで見たのならば、機は熟したということだろう。――ひよりさん。お嬢さんは鏡の守り手だ」

鏡の守り手。初めて聞くその名に、目をぱちくりと瞬く。

「守り手、ですか。じゃあ私は陰陽師じゃない……？」

青磁に陰陽師について知ることを止められていたのは、そもそも自分が陰陽師ではなく、鏡の守り手だったからなのか。

そう言うと、五百旗頭は首を振った。

「いや、お嬢さんは陰陽師だよ。訓練次第ではそこそこの陰陽師になれるだろう」

「ほんとですか！」

「ただ、鏡の守り手になるのであれば、陰陽師としてではなく、守り手としての訓練をしたほうが良いだろうな。確かあやかしどもの口伝を書き残したものがどこかにあったか」

五百旗頭はやけに嬉しそうだ。ひよりがそれに首を傾げていると、妖狐は苦笑した。

「すまないな。何しろ前に迷い込んだ女の子が、『あの』鏡の守り手だったんだ、はしゃぎたくもなる」

「前に迷い込んだ……？　どういうことですか」

「覚えていないだろうな。ひよりさん、あなたは前にこの店に来たことがあるんだよ。あなたがとても小さい頃だが」

ひよりはきょとんとする。小さい頃にこの店に来た記憶はなかった。

けれどそれは想定済みだったようで、五百旗頭はにっこり笑う。

「どこから話そうか。まずは鏡の守り手の説明からだな。鏡の守り手とは、神鏡を持つことができ、その上で、たぐいまれな共感能力を持つ陰陽師を指す」

「共感能力……？」

「心に余裕と隙間のある者。物事をあるがままに受け取り、相手に返す。その分相手の影響も受けやすいが、強いものと対峙して退かず、弱いものには手を差し伸べる、そんな存在だな。相手が安らいでいるときはあなたも安らぎ、それが相手に伝わってよりリラックスした状態になる。その逆もまた然り、だが」

「その逆、ですか」

　ぎすぎすした空間にいると、自分もぎすぎすして、周りにもそれを振りまいてしまい、悪循環を招くということだろうか。

　その状況には覚えがあった。半年前の教室が同じような様子だった。

　ぴんときた様子のひよりを見、五百旗頭は説明を続ける。

「それに、お嬢さんは神鏡を持ったことがあるだろう。それが鏡の守り手であるという簡素にして絶対の証明だ」

「私、神鏡なんて持ったこともないです」

「ほう？　ではここから借りて行った鏡を返しに来たのは、あなたではない別人だったということになるな」

　何のことか一瞬分からなかった。

　借りた鏡。プールで水の神に力を与えた結果、借りた時から少し変化してしまった、あの鏡のことだろうか。

「……あの、プールで霧生さんに月の光を浴びせた時の鏡！　あれ、神鏡なんですか⁉」

「そうだ。正確に言えば、神鏡となったのは、月の光を浴びた後だがな」

　その言葉に小狐がこんと小さく鳴いた。

「神鏡が、この時代に現存するというのですか！」

「おうとも。舞台装置は整っていたからな。元々神鏡として扱われていた鏡、月の光、かつての水神。そうして鏡の守り手の性質を持った少女。これで元通りの威容を取り戻さない方がおかしいだろう」

「元々神鏡として扱われていた？」

「ああ。恥ずかしながら、俺もそれに気づかなかった。気づいたのは幼いひよりさん、ただ一人だった」

その言葉に、ひよりの脳裏を古びた記憶がよぎる。

きらきら輝く鏡。暗い店内での会話を全て覚えているわけではないけれど、暗闇で光るその鏡がとても綺麗だったことは覚えている。

「りんごあめみたいに、きらきらしてる――鏡。そうか、確かに私は、前にこの弦狼堂に来たことがあります……！」

「思い出したかな？　そしてその鏡の真価を見抜いたのは、鏡の守り手たるあなただけだった。どの陰陽師も気づかず、この妖狐の目さえもすり抜けた、かつての神鏡。そして今は本来の姿を取り戻し、ここ弦狼堂にて使われる日を待っている」

ひよりは一生懸命頭の中で整理する。

その神鏡とやらと自分には、おぼろげではあるけれど、縁のようなものがあるのだろう。

ならば、ひよりがそれを持てるのは、そう不自然なことではない。

でも、自分のような人間でも鏡の守り手にはなれるのだ。そう考えると、それほど希少なお役目ではないのかも。

「鏡の守り手って、全部でどのくらいいるんでしょう」

「俺の知る限りひよりさんだけだ。初代の鏡の守り手は、恐らく平安時代までさかのぼらなければ見つけられまい」

「ひえ……。も、ものすごく貴重な存在じゃないですか……！」

ひよりは震えあがる。そんなにすごい存在であるという自覚はまるでない。

だってひよりには何の力もない。陰陽師としても、ただの高校生としても。

頭を抱えるひよりを見、五百旗頭はにやにやと笑っている。

「鏡の守り手のまっすぐ歩きを見られた俺は相当ついてるな。長生きはするものだ」

「そうだ、そのまっすぐ歩きって、何ですか？　青磁さんのおつかいでここに来たときも仰っていましたけど」

五百旗頭は部屋の壁をこつこつと叩いた。

「この弦狼堂はな、悪心を持つものや感情が乱れているものたちを退けるようになっているんだ。足を踏み入れたが最後、果てない迷路に迷い込む」

「感情が乱れている……。そっか、さっきの私たちみたいに不安定な精神だと、道に迷っちゃうんですね」

「ああ。元々は盗人対策の防御機構だったんだが、どうもそのせいで『入る者を選ぶ弦狼堂』などと言われてしまってな。妙な客が寄り付かないのは結構だが」

「そのお店を、この間の私はまっすぐに歩いた、ってことですか」

「この間鏡を受け取りに来た時、あなたは迷わず俺の所へ来ただろう。それはつまり、心に曇りがないことの証左なんだ。無心といってもいい」

小気味よい笑い声をあげ、五百旗頭は続ける。

「子どもの頃のお嬢さんもやすやすとこの道を通ったものだが……それにしても、あれほど容易く歩いてきた人間は久しくいない」

よく分からないが、無心であるということは、ひよりの長所らしかった。

ならば、とひよりは考える。自分がもし、その鏡の守り手であるのならば。

「もし、私が鏡の守り手なら……。青磁さんを手伝って、私たちを狙う悪いものを追い払う手伝いができるかもしれないってことですよね」

「ああ。神鏡が持つ退魔の力を使いこなすには、多少の訓練が要るだろうがな。店に文献が残っていたはずだ、探してみよう」

「ありがとうございます！」

鏡の守り手についてもっと情報を集め、強くなろう。

けれどその前に、ひよりにはやらなければならないことがあった。

「五百旗頭さん。一人の陰陽師が、二体の式神を持つことはできますか」

「二体と言わず何体でもできる。ひよりさん、あなたは――その小狐を式神に迎えようと言うのだな?」

その言葉に小さな狐は飛び上がってひよりを見た。

「小狐ちゃんが弓削さんの式神でいたいことは分かってます。だけど式神って、主がいないと消えてしまうんでしょう? 私が勝手に小狐ちゃんを連れて来ちゃったんだから、その責任を取りたいんです」

厳しい面持ちで頷く五百旗頭。自分の着物をぎゅっと握りしめる小狐。

「もちろん小狐ちゃんは弓削さんの所に戻りたいでしょうから、私の式神として存在を繋いでおいて、誰かに訓練をお願いしたいんです。そして弓削さんがうちの式神に迎えたい! って思うくらいに成長したら、戻れるかもしれないでしょう?」

「……ふむ。どうかな小狐」

「え、えっと」

いきなり話題の中心になってしまった小狐は、恐縮しきった様子で、考え込むように甚平をいじっている。だが、意を決したように顔を上げ、

「そのお申し出、ありがたくお受けします。……でも、弓削様の所には戻りません」

「良いんだよ？　私が勝手に連れて来ちゃったんだもの」

「いいえ、僕は決めました。ひよりさんは弓削様から僕をかばってくれました。それがとっても……嬉しかったんです。今までそんなことをしてくれたひとはいなかったから」

「弱い式神は切り捨てる。それが通常の陰陽師のやり方だからな」

「僕たちは道具のようなものですからね。でも、道具のように心がないわけじゃない」

呟いた小狐の、幼い顔が引き締まる。

「ひよりさんは鏡の守り手で、何か悪いものに狙われているんですよね？　だったら少しでもそれを助けたい。ひよりさんの力になりたいんです」

小さな男の子にしか見えないのに、その言葉は力強い。

ひよりは心がじんわりと温まるのを感じた。少なくとも、一人じゃないと思える。この小さな式神のために、せめて立派な鏡の守り手になろうと覚悟を決める。

「……五百旗頭さん。小狐ちゃんに訓練をつけてくれそうな、力のあるひとを知っていますか。陰陽師でも、式神でも――石蕗さんのような神様でも、誰かいませんか」

「もし俺が、そんな奴は知らないと言ったらどうする？」

「石蕗さんに聞いてみます。それでだめなら、薫ちゃんの水の神様――霧生さんにも聞いてみます。それでもあてがなかったら、青磁さんのお客さんに当たります。だめでもともとですからね！」

ひよりの本気が伝わったのだろう。五百旗頭がにやりと笑う。

「そういうことならば、この俺が適任だろうな」

「い、五百旗頭様が、この僕に訓練をつけてくださると！」

ぴゃっと尻尾を膨らまして驚く小狐。ひよりはその驚きの意味が分からず、

「五百旗頭さんはそんなに強いんですか？」

「つ、つ、強いに決まっておりましょう！　このお方は関東平野いちの老妖狐、天翔ける火車さえもひとのみにしてしまわれる、歴戦のつわものです！」

「ありゃ」

ひよりは呆然と目の前の老爺を見上げる。皺に覆われた目が悪戯っぽく吊り上がり、その顔が一瞬細長い狐のそれに変わった。

目を瞬かせているうちに、その顔はいつもの皺に覆われた老人のものに戻る。

「昔の話だ。今は物をため込むだけが生きがいの、ただの老いぼれた妖狐さね。ともあれ、同じ狐のよしみだ。小狐よ――いや、この呼び名は頂けないな」

五百旗頭はひよりに向き直る。

「お嬢さん、改めて名をつけてやりなさい。それをもって式神の儀とすればいい」

ひよりは懸命に名を考える。この健気な式神との、最初の絆だ。とっておきのものを贈りたい。

「……ではあなたの真摯な態度に敬意を表して。寧というのは、どうでしょう」

「寧」

小狐の尻尾がぶんぶんと揺れた。目を輝かせた式神は、こくこくと頷いて、

「よいです、それはとってもよい名です！　漢字で一文字というのが気が利いていますし、呼びかけやすい単語ですし！　何よりそれは、僕だけの名前だ」

頬を上気させて喜ぶ寧は、緊張した面持ちでひよりの正面に立つ。

ひよりは両手を上に向けて、寧の手と合わせる。

——不思議なことに、ひよりは何と言えば良いのか理解していた。

「我が名は野見山ひより。ここにある式神は寧、妖狐の末席に名を連ね、これより式神の技を学ぶ者なり——陰陽道は太山府君の名に基づきて、寧を我が式神とす」

口からすらすらと出た呪文に驚く間もなく、ひよりの首筋がまた熱くなる。元々入っていた椿模様の横に、小さな蝶の印がぽつりと浮かび上がった。

「い、今のは……。どうして私は、契約の言葉がすらすら言えたんでしょう」

「ふむ。初代の鏡の守り手は、様々な式神と苦も無く契約していたというが……。もしかしたらひよりさんの、守り手としての力が覚醒しつつあるのかもしれないな」

そう言って、五百旗頭は寧の頭をぽんぽんと撫ぜた。

「俺の訓練は厳しいぞ、寧。覚悟しておけよ」

「はいっ！」

「五百旗頭さん。ありがとうございます。急に押しかけた上に、色々と頼んでしまって、すみません」

「構わない。悪く思うなら、またあのまっすぐ歩きを見せて欲しい。あれはいい。度し難く愚かな人間でも、あんな風に歩けるのだと——希望が持てる」

「ぜ、善処します……」

五百旗頭は恐縮しているひよりを見つめていたが、ややあって部屋の隅にある階段箪笥の前に立った。

一番下の引き出しから小さな箱を取り出すと、それをひよりの前に差し出す。漆塗りに螺鈿細工の施されたそれは、朱色の紐でしっかりと封じられていた。

「これをあなたに渡そうと思う」

「なんですか、これ」

「野見山七生から預かっている書簡だ。次の青磁の主が来た時に渡してほしいと、そう言われていた」

ひよりは五百旗頭の顔を見た。

皺に覆われた穏やかな目が、試すようにひよりを見つめている。

「野見山七生は相応の覚悟を持って陰陽師となり、陰陽師のまま散って行った。その男が書き残した手紙だ。生半な気持ちでは読めんぞ」

「はい……」

でもきっとここには、七生と青磁のことが書かれている。

あの主従がどのようにして始まり、どのようにして別れを迎えたのか。

もしかしたら、青磁が頑なに教えてくれない、彼の願いのことも書かれているかもしれない。ひよりは祈るような気持ちで紐を解き、箱の蓋を開けた。蓋の螺鈿細工が、きらりと怪しい光を放つ。

──記憶が、奔流となって押し寄せる。七生の残した記憶が、鮮明な映像となってひよりの意識に割り込んでくる。

二人の出会いは、あの竹林だった。

いたい。くるしい。さむい、かなしい、さみしい。

じくじくと痛む傷跡を抱えた小鳥が、竹やぶを見上げるようにして倒れている。血の匂いを嗅ぎつけたからすたちが、小鳥の死を待つように上空を旋回していた。

どこかの手癖の悪い精霊が、すれ違いざまに小鳥を攻撃してきた。必死になって応戦したが、精霊としては未熟な小鳥は、一方的にやられたまま、こうしてひとりぼっちで死を迎えようとしている。

乾いた枯れ葉を踏みしめる足音が聞こえた。からすだけではなく、犬猫もこのちっぽけな小鳥の死を狙っている。小鳥はせめて一矢報いてから死んでやろうと、そのくちばしを高々と空に突き上げた。

「おや、生きている」

それは人の声だった。

柔らかな声音は、小鳥の最後の覇気を呆気なく砕いてしまう。

包み込むような、慰撫するような。世の中の酷いもの、汚いものをたくさん見てなお、優しさを保ち続けてきた者特有の、芯の強さがある声だった。

「お前は精霊だね。こんなに酷い怪我をして、かわいそうに……。うちの竹やぶに舞い込んできたのも、何かの縁だろう。おいで」

温かな手が小鳥をすくい上げる。食事をしそびれたからすたちが遠くへ去ってゆくのを、小鳥はどこかよそ事のように見上げていた。

小鳥をすくい上げた男の名は野見山七生といった。

野見山家は一帯に竹林の加護が及ぶ名家で、そこで暮らすうちに、小鳥はあっという間に回復していった。

「運が良かった。五行で言えばお前は火にあたる要素を持っているけれど、この竹林は木の要素を持っているからね。木生火――。木は火の要素を補う。竹林はお前に力を与えてくれる」

それだけではないと小鳥は思う。この陰陽師が自分を治すために、手を尽くしてくれたことを知っている。

「七生。この恩をどう返してよいのか、私には分かりません。私をあなたの式神にしてはくれませんか。この命をあなたのために使いたい」

「うん？　お前は律義な鳥だねえ。式神にしてもいいけれど、あの時お前を助けたのは、俺の我がままなんだから、そんなに気にすることはない。あの時死んでいた方が、こんな浮世を生きるより、よほど良かったかもしれないよ」

おどけて言う七生。彼は腕の立つ陰陽師で、卜占に呪術にと、昼も夜もなく駆け回っていた。彼の使役する式神は、数こそ少なかったが精鋭ぞろいで、確かに小鳥の入る余地はなかったかもしれない。

誰よりも早く駆ける鹿。主の窮地を救う狼。けれどどの式神よりも、小鳥の闘争心を掻き立てたのは、主人が時折飛ばす伝書鳩だった。

自分はあの鳩よりも早く届けることができます、と大真面目に訴えたら、七生は腹を抱えて笑っていた。

「ならばせめて、私にあなたのお世話をさせて下さい。あなたが好きな料理は、その、私には難しいですが……」

「いやいや、雀に台所仕事をさせるほど人手に困っていないから、大丈夫だ。そう気を遣わなくてもいいよ、青磁。俺はお前がここにいるだけで、結構満足してるんだ」

青磁。小鳥が七生からもらった素敵な名前。

命を救ってくれただけではなく、見事な名をもらった恩返しをしなければ。

そう訴えると七生はちょっと笑った。

「そうだな、お前の精霊としての在り方は、舌切り雀の逸話に引っ張られているんだろう。だからそう恩返しにこだわるのだな」

「舌切り雀ですか。私ならば、小さなつづらと大きなつづらなんて用意しません。どちらにも金銀財宝を詰めて、ぜんぶあなたに差し上げます」

「それじゃあ昔話にならんなあ。それに俺は金銀財宝より、つづらいっぱいのたけのこご飯の方が嬉しいな」

「黄金よりご飯がいいのですか？　やっぱり七生は食い意地が張っている」

くっくっと笑う七生は、それでも青磁との他愛ない会話を楽しんでいるようだった。

だが、野見山家は次第に土御門家から目をつけられるようになってゆく。

きっかけは、七生の育てた式神を土御門が奪おうとしたことだった。七生は強い式神を育てるのが得意で、銀狼の姿を持つその式神は、容姿も実力も図抜けていた。

土御門はそれを寄こせと言った。けれど七生は、どんな金品を積まれても、頑として頷かず、彼の式神たちは自分たちの主の断固とした態度が誇らしかった。

しかし土御門家は怒り狂った。自分の命令を拒絶されたことへの恨みは凄まじく、七生は土御門をはじめとする「西の方」の陰陽師から、嫌がらせをされるようになった。

本来卜占や天文、呪術を得意とするはずの七生は、呪符による破邪——西の方との戦闘に駆り出されるようになった。

「禹歩のやりすぎで草履の裏がすり減ってしまって難儀したよ。それで街中を駆けずり回る羽目になったから、もう、足の裏がひりひりする……」

「だからって家の中を這いずり回るのはやめなさい、七生」

暗い雰囲気にならないよう、七生はおどけてみせるのだが、その目の下のクマはごまかせない。せめて自分が助けになることができればいいのだが、雀の精霊にできることは、せいぜい行き倒れのように眠っている七生の体に毛布をかけてやることくらいだ。

「せめて、あなたを支えてくれる嫁でもいたら良いのですが」

「あー、そう言えばお見合い話が来てたなあ」

「すぐに受けなさいこののんびり屋！」

そんな見合いから数か月後、野見山家に嫁に来た娘は美しかった。頭に白い木蓮を飾った嫁との初夜でさえも、七生は西の方とのいざこざで、慌ただしく家を出て行った。

幸いなことに、七生の嫁は陰陽師の家に嫁ぐことの意味を理解している娘だった。七生自身が彼女を大切にしたということもあるが、彼女は七生の置かれた状況をよく呑み込み、家を守った。

「とはいえ、もう少しあの子と一緒にいる時間を持てたらなあ……。あ、青磁そっちには多分ないぞ」

嫁をもらって、ふた月ほどたったある日のことだった。青磁は七生と共に、蔵で探し物をしていた。幣串と呼ばれる、家の厄除けに使うものだ。

陰陽道における五行の全てを守護するために、五色の色紙が付けられている。

「確かばらして桐箱にしまったと思うんだが」

「では私は上の方を見てみましょう」

りん。

軽やかに羽ばたいて、蔵の二階へ降り立つ青磁。

「……？」

どこからか鈴の音が聞こえる。青磁は耳を澄ませ、音の方へぴょんぴょんと飛んでゆく。それは蔵の端の方に積まれた、小さな桐箱から聞こえてくるようだった。

もしかしたらこれが七生の探し物かもしれない。そう思った青磁が、箱をちょんと突いた瞬間だった。

「……あっ⁉」

体の中心に、ぞぶり、と熱い球をねじ込まれたような感覚がした。自分ではないものが体内に侵入し、熱を放っている恐怖感。

「これ、は……！」

青磁は目を疑った。目の前に浮かび、りんと鈴の音を鳴らしているのは、糸切りばさみだった。けれど普通のはさみではない。それは神威すら帯びて、ちっぽけな精霊である青磁など吹き消してしまいそうなほどの迫力を持っていた。

だが、青磁は直感していた。

自分とこのはさみは、強く共鳴し合っていると。

思わず糸切りばさみに手を伸ばす。

手？　そうだ、手だ。青磁の小さな翼は人間の手になり、ふっくらとした腹は、男の骨ばった腹になる。か細い足は今や大地を踏みしめ、くちばしは桃色の唇へと変じていた。

「青磁？　おい、大丈夫か……ありゃ⁉」

上がってきた七生は、驚いた顔で突っ立っている全裸の男を見て、ぎょっとしたような顔になった。青磁は訳が分からない様子で、七生の名を呼ぶ。

「七生、七生！　妙なところから声が出ます」

「うん、お前、人間になってるもん」

「人間？　まさか、私はしがない雀で」

七生は側にあった古い鏡台の覆いを外し、青磁に向ける。

そこには、黒々と濡れた瞳を持つ、美しい青年の姿があった。

「これ！　だ、誰ですか!?」

「だから、お前だって」

「し、しかもこのはさみ、なんなんですか。私から離れない……」

七生は青磁の手のひらに載せられたはさみを見下ろす。

「ははあ。そりゃあうちの曾祖父の曾祖父の曾祖父が打ったはさみだわ」

「それは……ゆ、由緒正しいものなのでしょうか？」

「いいや。だが、針仕事をする妻のために、必死になって打ったはさみだと聞いている。そしてその妻が縫った服は、悪縁を退けるとも言われていたそうだよ」

「あ、な、七生、はさみが……」

糸切りばさみは、青磁の手のひらに吸い込まれていってしまった。手を振ってもつねってみても、出てこない。

うろたえる青磁とは対照的に、七生は面白そうににやにやと笑っている。

「こりゃあ、気に入られたな」

「気に入られた？　は、はさみにですか？」

「前に言っただろう、お前が舌切り雀の逸話に引っ張られていると。舌切り雀の話では、ばあさんが雀の舌を切るのに使ったのは、この糸切りばさみだ。だからこのはさみは、お前を同じ種族だと見なしたんだろう」

「そんな……困ります。それに私はなぜ人間の姿に？」

「このはさみはもう付喪神に近い。それを吸収したから、精霊としての格が上がったんだろう。ただのはさみとはいえ、陰陽師が作ったものだし、百年以上の年月が経ってるからね」

七生は素っ裸の青磁に半纏を被せると、悪戯っぽく笑った。

「ちょうどいい。この広い家に嫁さん一人じゃ、ずいぶん不用心だと思ったんだ。俺の式神として、家の面倒を見てくれよ」

「は……はいっ！」

「頼むぜ。さて、文字通り手が増えたから、探し物も楽になるな。さっさと幣串見つけて家に戻ろう。すいかを冷やしてあるんだ！」

晴れて七生の式神になった青磁は、野見山家の警護を任されるようになった。家事をしたり、その頃はもう妊娠していた七生の妻の面倒を見たり、小間使いのような仕事だったが、楽しかった。七生の役に立っているという実感があった。

ただ、一つだけ難があるとすれば――。

「大変だ、青磁、俺の人生の中で一番の焼き芋ができたかもしれん……！」

「口の端についていますよ。行儀の悪い」

「こんな甘くてしっとりほくほくな焼き芋を焼いてしまうとは……。俺は陰陽師じゃなくて焼き芋屋になるべきだったのかもしれん。見なさいこの断面を。絵に描いて残したいくらいだ全くもう俺は天才だな？」

そう言って七生は、焼き芋の切れ端を青磁に差し出す。青磁は顔を曇らせて、いらないと言ったが、七生は笑って焼き芋を押しつけてくる。

押し負けた青磁は、両手で芋を掴むと、はむ、と齧った。

きっと美味しいのだろう。主である七生があれほど言うのだから。

――けれど、青磁には味が分からない。噛んでも舐めても分からない。

「……ごめんなさい。きっと美味しいのだと思います。ですが」

「分かってる。でもなあ、お前にそう言わせてしまうって分かっていても、美味いものがあれば、やっぱりおすそ分けしたいんだよな。これは俺の我がままだが」

「いえ」

七生がいつも自分と同じものを分けてくれることは、青磁も嬉しい。

けれどその味の感想を言えないのが辛かった。舌切り雀の逸話に引っ張られている青磁の舌は〝ない〟。

口を開ければ、そこに舌らしきものは見えるのだが、それは形だけのものだ。

だから、食べ物の味が分からない。

普通に話すことはできるから、式神としての役目は十分に果たせる。

けれど七生は食べるのが大好きだ。家族と食卓を囲み、縁側でおやつを頬張る、そんなときの彼の顔はいつも子どものように輝いている。

だから、いつの頃からか、青磁は思うようになった。

味の分かる舌が欲しい。七生が美味しいというものを食べて、美味しいと感じてみたい。

甘さとはどういう感覚なのだろうか。白米に塩を振っただけのおにぎりを、野見山家の家族が、美味い美味いと言って頬張るのは、どうしてなのだろう。

「……」

青磁は手のひらをじっと眺める。

自分の中に飛び込んできたはさみの力。どうやって使えばいいのか、どんな役に立つのか、青磁は既に把握していた。

「縁切り。あるいは縁結び。さすがに人間の縁を切るには力が足りないが、式神の縁くらいなら、断ち切ることができますね」

既に付喪神となっているはさみは、青磁に教える。

縁を切り、困っている陰陽師や式神を助ければ――。

舌が手に入るかもしれない。七生が作るものを味わうための舌が。

「……やってみる価値はありそうだ」

青磁はそう呟くと、縁側から自分を呼ぶ七生の方へと歩いて行った。

ひよりははっと顔を上げる。

今のは白昼夢だろうか。七生と青磁の出会いを、天から眺めているようだった。

これが、野見山七生が自分に伝えたかったことなのだろうか。彼は何を思って、この光景を後世に託したのだろう。

「だ、大丈夫？　おねえさ……主様？」

寧がおずおずと声をかけてくる。ひよりは文箱の蓋を握り締めたまま、呆然と頷いた。

「手紙――というよりは、七生の記憶だったようだな」

「は、はい……」

「手紙はあと一通残っているようだが」

五百旗頭の言葉通り、文箱の中には一通手紙が残っている。

だがそれを読む気にはなれなかった。ぐったりと背もたれに寄りかかると、洋間の端にあったドアが勢いよく開いた。

「ひより！」

額に汗を浮かべた青磁が、ひよりに駆け寄ってくる。

「この馬鹿主！　どうして急に飛び出したりする！　今は玉木薫の件でお前も狙われるかもしれないんですよ、なのにこんな無鉄砲なことを……！　五百旗頭殿が保護してくださらなかったら、どうなっていたことか」

「……ごめんなさい」

ひよりは蚊の鳴くような声で謝る。それしかできない。何も考えられない。

肩で息をしている青磁に対し、五百旗頭がさらりと状況を教える。

「この小狐はひよりさんの式神になった。今は寧という名だ」

「なんですって？　弓削様が『用は済んだ』とお帰りになったから、弓削様と小狐の縁が切れたことは分かっていましたが、ひよりの式神に？」

「ひよりさんの式神だが、彼女が扱うわけではない。俺が預かって修行をつける」

「修行って……待ってください、ひよりは陰陽師についてまるで知らない。式神についての知識も持っていない」

「お前が教えなかったからな」

五百旗頭が意地悪く言うと、青磁は少しばつが悪そうな表情を浮かべた。

「……確かに、彼女に何の知識も与えなかったのは事実です。でも私は彼女に、陰陽師の醜い世界になど入って欲しくはなかっ──」

「それはいいんです。でも、青磁さん、一つだけ教えて下さい」

ひよりは唇を戦慄かせながら、尋ねた。

「青磁さんは、味が分からないんですか」

「……ッ、どこで、それを」

「七生さんが遺した手紙で知りました。青磁さんと七生さんが出会う経緯を。ねえ、ほんとうなんですか、青磁さんは味が分からないの？」

唇を噛みしめた青磁は、それでも、主に誠実であろうとした。

「……はい。お前がどこまで知ったか分かりませんが、私に舌はありません。ですから味も分からない」

「ど、どうしてそれを言ってくれなかったんですか？　私ったら、毎回青磁さんを食卓に座らせて、味の感想なんか聞いて……！」

　知らなかったとはいえ、己の無神経さが憎たらしい。唇を噛みしめるひよりに、青磁は必死に言葉をかける。

「ひより、違います、お前が悪いんじゃない。私がそれを告げなかったから……」

「ううん、私に言う必要なんかないと思ったんですよね。陰陽師として色んなことを教えてくれなかったのも、私が頼りないから」

　ひよりは悔しそうに顔を歪める。

「結局何にも変わってない。私が弱いから、力不足だから、何の役にも立てないんだ」

「お前は弱くない」

　青磁はいつものようにきっぱりと言い放った。

「けれど、その気持ちは分かります。何もできない雀の精霊だったとき、私も同じ悔しさを抱えていたから。だからこそ言いますが、お前は弱くなんかない。誰かを助けたいと願う気持ちが、その優しさが、お前の強さだと思います」

　ほんとうに弱ければ、誰かに手を差し伸べようなんて思わない。家に飛び込んできた猫や、助けを求める人間を救おうとしない。

　自分が置かれた状況に拘わらず、助けようと思う気持ちが大切なのだ。

　けれどひよりは、青磁の言葉を聞いても、むしろ辛そうに顔を歪めている。

「私は優しくなんてないんです。だって私は、逃げたから」

「逃げた？　どういうことですか。……それは、お前がこの家に移ってきたことと、何か関係があるのですか」

詰め寄ってくる青磁には迫力があった。美しい顔できらりと光る黒曜石の瞳が、じっとひよりを射貫いている。

もう隠し切れない。嫌われたり、軽蔑されたりしても仕方がないと、ひよりは覚悟を決めた。

「そうです。私が転校して大叔母の家に移ってきたのは、もう前の学校にはいられなくなったからです。──前にいた高校のクラスは、すごく仲が良くて、何事にも皆で一致団結して取り組んでいました。六月の体育祭では、クラス対抗リレーで優勝もしたんですよ」

でも、と言う声は震えている。

「九月くらいから何だか様子がおかしくなって。皆がぎすぎすし始めて、普段なら絶対ありえない喧嘩をするようになったんです。皆がお互いを疑って、皆がお互いのせいにして、すごく嫌な雰囲気だった」

「半年前、か」

五百旗頭が呟く。ひよりは頷いて、

「提出物がよくなくなるようになりました。私物が盗まれることもあったし、陰口を叩かれることもしょっちゅうありました。……私、皆がどうしちゃったのか全然分からなくて」

「ということは、ひよりさんは変わらなかったんだな」

「はい。夏休み前と変わっていないつもりで話しかけても、皆が無視したり、皮肉っぽいことを言ったりして、わけが分からなかったんです」

青磁は頷き、先を促す。

「冬休みまでは耐えました。でも、一月頃から、色んなことが全部私のせいになって」

「ひよりのせい？　なぜですか！」

「分からないんです。でも、多分私だけ、悪口も派閥も関わらないようにしてたから。それで、犯人にしやすかったんだと思います」

あれほど仲が良かったクラスメートが、手のひらを返すように態度を変えた。

提出物がなくなったのも、私物が盗まれたのも、陰口も、全てがひよりの責任になった。怒りの瞬発力に欠けているひよりは、濡れ衣を着せられても、すぐには反応できず、それがますますクラスメートをつけあがらせる。

ひよりは自分が犯人扱いされたことよりも、彼らの変貌ぶりに驚いていた。

「明らかに何かがおかしかったんです。だってあまりにも急すぎたから。あんなに仲が良くて、お互い信頼してたのに、こんなに態度が変わるなんてありえない」

でも、とひよりは悲しそうに眉を下げた。

「私は何もできなかった」

「……」

「何かがおかしいって分かってても、何をどうすればいいか分からなくて。そのうち、色んないざこざの犯人だって言われて、辛くて学校に行けなくなって……。それで、両親と叔母さんと相談して、転校することにしたんです」

「そういうことだったんですね。だからお前に学校のことを尋ねても、あまり詳しく言わなかったのか」

「黙っててごめんなさい。半年間耐えたけど、結局私が弱くて役立たずだったから、逃げるしかなかった……。だから、ここではもっと役に立ちたかったんですけど」

ひよりは泣きそうな顔で無理やり笑みを浮かべる。

「全然だめでしたね！　陰陽師としても、式神の主としても、ぜんぜん」

「ひより、それは……違います。少なくとも、お前に何も教えなかったのは私の責任だ。お前もそう啖呵を切ったでしょう」

からかうように言うと、ひよりは困ったような顔でただ笑った。

「お前の言う通り、陰陽師として生きるのか、そうでないのか。それを決めるのはお前だ。それに目隠しをして、檻の中に閉じ込めるようにしたのは、私の過ちでした」

「……でもそれは、私を守ろうとしてくれたことですよね？」

ひよりは微笑もうとする。うまく表情を作れてはいなかったけれど、それでも彼女が気丈に振る舞おうとしていることは青磁にも分かった。

「それは、ちゃんと、分かってるつもりなんですよ」

青磁ははっとひよりを見た。自分を理解しようとしてくれる主の姿に、必死に言葉を絞り出す。

「私は……。同じ光景を見たくなかった。土御門一族に逆らった結果、七生は死んだ。それは七生が、土御門の脅威となるほど強い陰陽師だったからです。ならば、歯牙にもかけられないような弱い陰陽師なら、きっと目をつけられることはない。もう戦場に送られることもない……そう思って、お前に何も教えないでいました」

「無知であれば、敵とは見なされない、か――」

五百旗頭の呟きに青磁は頷く。

「土御門の怒りを買った七生が、西の方との抗争で傷ついて帰るたび、私はとても辛かった。あの辛さをもう一度味わうくらいなら、ひよりに嫌われてもいいから、陰陽師という役割から遠ざけていたかったのです」

毎日交わすささやかな会話、主がそこにいてくれる喜び、ひよりの面倒を見ることができる嬉しさを、ずっとずっと味わっていたかったのだ。

ひよりはそんな青磁を、痛ましそうに見ていたが、ややあって囁くように言った。

「あのね、青磁さん。私は鏡の守り手なんですって。プールで使った鏡が神鏡になっていたみたいで、あれを持てるのは私だけだって五百旗頭さんから聞きました」

「神鏡⁉　まさか、そんな」

「私もそう思ったんですけどね。でもそれがほんとうなら、私、頑張ってみたいんです」

ひよりは居住まいを正し、青磁の目を見据える。

「私、半年前と全然変わってない、弱い人間だけど——でも、やれることをやるまで、諦めたくないんです。前は諦めて、逃げ出してしまったから、今度こそは……！」

「ひより……」

「陰陽師としてじゃなく、鏡の守り手として役に立てるように、私はここで昔の文献を調べて、知識と力を身につけます。そこで自信を持てたら、お家に帰りますね。だからそれまで、待っていて」

青磁の怜悧な顔が、ほんの一瞬、寄る辺ない子どものようになった。

けれどそれは一瞬のこと、式神はすぐにいつもの無表情を取り戻す。

「止めても無駄なのでしょうね。分かりました。——五百旗頭殿。申し訳ありませんが、ひよりを預かっていただいても？」

「無論。当代の鏡の守り手は、この老いぼれ狐が責任を持って預かろう」

そう言って青磁を出口まで案内しながら、五百旗頭は彼にだけ聞こえるように囁いた。

「ひよりさんの身に残っていた土御門の術式の臭いと、ひよりさんの学校で起こった異変――。恐らくだが、関係がある」

「なん、ですって？」

「時期が符合する。それにひよりさんも言っていただろう。明らかに何かがおかしかった、と。誰かが後ろで糸を引いているのかもしれん」

「ですが……。土御門は一体何を」

「俺の方で調べてみよう。追って知らせる」

歴戦の妖狐は、厳しい顔で青磁を見送った。

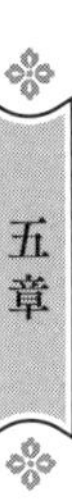

五章

寧がぴょんと跳ね、五百旗頭の作り上げた狐火を飛び越えてゆく。三つの狐火は、思いもかけない場所から飛んできては、少年の柔らかな毛並みを焦がした。

「卜占とはすなわち、数多の可能性を想像し、吟味し、選び抜くこと。たかだか三つの狐火の可能性さえも予測できなければ、占いなど夢のまた夢。気合を入れて臨みなさい」

「はいっ！」

寧は元気よく返事をして、襲い来る狐火を避け続けている。

ひよりはその特訓を後ろからぼんやり眺めていた。

その手元には、黄ばんで千切れそうな古文書や、文字がかすれた木簡が散らばっている。それは先代の鏡の守り手の偉業を書き残した、あやかしたちの秘密の書だというが――。

「こっちは降ってくる隕石を撥ね飛ばしたって書いてあるし、こっちなんか都を襲う悪鬼を四体一気に追い払ったって書いてあるんですけど……。これってほんとに鏡の守り手のことなんですか!?　話、ちょっと盛ってないですか!?」

「その記録は、妖狐や精霊、猫又といったあやかしたちが口伝を文字に遺したものだ。一見すると人間の書簡に見えるがね。あやかしたちは人間のように、不正確な記述を残したりしない。嘘を書き残す意味も、理由もないからな」

「つ、つまり」

「そこに書かれていることは全てほんとうの出来事だ」

ひよりはがっくりと肩を落とす。

鏡の守り手として、どんなことをすべきなのか。どんなことができるのか。そもそも鏡の守り手は、どうやってその力を使うのか。

それを知りたくて調べ始めたのに、出てくる内容が皆伝説級に凄まじい。なんだ、隕石を撥ね飛ばしたって。ただの超人じゃないか。

だが、諦めるのはまだ早い。ひよりは寧の訓練を終えた五百旗頭に尋ねる。

「か、鏡の守り手ってことは、鏡を使うんですよね。この弦狼堂にお返しした神鏡とお話ししたりすることはできますか」

「それがなあ。その鏡がひょっこり姿を消してしまったようで」

「す、姿を消した⁉」

「神鏡は気まぐれだからな。まあ店を出た様子はないから、縁があればそのうち会える」

「それって、縁がなかったらもう会えないってことですよね……」

長いため息をつくひよりに、五百旗頭は苦笑した。

「ひよりさんは初めてあの鏡を見出した本人じゃあないか。あなたがこの店に迷い込んでこなければ、俺はあれが鏡であることに気づけなかった」

「子どもの頃の話です」

鏡の守り手として頑張ろうと思った矢先にこれである。ひよりはすっかり自信を喪失し、机に額を乗せて呻いている。

その手をきゅっと握るのは、新米式神の寧だ。

「あ、主様っ。大丈夫です、主様ならきっとできます」

「ありがと、寧」

「それにしても、神鏡を持っているとは言え、それだけで悪鬼四体を退けるなんて……。鏡の守り手というのはすごい方なんですね」

「うっ」

寧に悪気はないのだろう。しかし、今のひよりには突き刺さる言葉だった。

まるで、ひよりには過ぎた役目であると言われているかのようで。


安全のためにということで、ひよりは弦狼堂に寝泊まりさせてもらっている。

白檀の香りが立ち込める寝室には、寧が既に布団を敷いてくれていた。そこに飛び込んで、またしても長いため息をつく。

「頑張ろうって思ったけど、私みたいなだめ人間は絶対鏡の守り手になんてなれないよ」

ため息をつくひよりの視界の端で、スマートフォンが鳴動する。

慌てて画面をタップすると、一通のメールが来ていることが分かった。

そのメールの差出人を見たひよりの表情が、少しだけ和らいだ。

「叔母さん」

ひよりの大叔母。祖母の妹にあたるその人の名をすみれといった。

その名の通り、年を経ても可憐なところのある人で、いつもおしゃれに気を遣っている。

だからひよりはすみれの病室をノックし、少しだけ時間を数えて、すみれが身づくろいするのを待つことを忘れなかった。

中に入ると、にっこり笑って、口紅をさしたすみれが出迎えてくれる。

「ひよりちゃん、久しぶりねえ。お見舞いありがと」

「ううん。面会できるようになって良かったねえ」

「お見舞いできないなんて、大げさよね。それにしても、急に腰の手術が決まっちゃって、ひよりちゃんを一人にしちゃった。ごめんね」

「大丈夫。学校もちゃんと通えてるし。お弁当も毎日作ってるよ」

「ほんとう？　なら良かった」

「一応お部屋やお庭も掃除してるから、戻ったときもそんなに困らないと思うよ」

「まあすごい！　ひよりちゃん、そういうのしっかりしてるから助かるわあ」

言いながら、すみれはジュースの紙パックを二つとり、一つをひよりに渡した。いちごミルクのかわいらしいパッケージに、二人同時にストローをさす。

「でも……。何だかひよりちゃん、元気がないみたい」

図星を指され、ひよりは思いっきり紙パックを握りしめてしまった。ストローからいちごミルクがぶじゅっと飛び出し、シーツを汚す。

「わ、ご、ごめんね叔母さん！」

「あらあら。大丈夫よ、ほらこっちのいっぱい入ってる方飲みなさい。角っこを持ってね」

いいのに、と遠慮するひよりの手に、自分の紙パックを持たせたすみれは、ちらりとひよりを見た。

「学校で何かあった？」

「ううん。学校で、というよりは……。うーん。なんて言ったらいいのかな。私ってほんとうに全然成長してないなあって」

「そんなことないでしょう。少なくとも学校に行けてるわ」

「それは当たり前のことだよ」

「いいえ、当たり前のことじゃないの。それはひよりちゃんができなかったことでしょう。あなたは今、前できなかったことができるようになってるのよ。それってすごいことじゃない？」

ひよりはきょとんとする。

確かに、半年前は学校に行けなかった。けれど普通の学生というものは、毎日学校に通うものだ。それが当たり前だ。

それを、すみれはすごいことだと言う。

「お家やお庭の掃除をしてくれてるっていうのも、私からしてみればすごいわ。私、すぐお庭に雑草ばっかり生やしちゃうから」

すみれは肩をすくめた。

「私が管理していたころのお庭の惨状、知ってるでしょう？」

「雑草が、私の膝くらいまではあったかもね。でも叔母さんは腰が悪いんだから、しょうがないよ」

「それをお手入れしてくれてるってだけでも、私としては尊敬ものよ」

すみれの誉め言葉がくすぐったい。ひよりは小さくため息をついた。

贈られる言葉を受け取れない様子のひよりを見て、すみれはおやおやと片眉を上げた。

「今日のひよりちゃんは、ずいぶん自分に厳しいのねえ。じゃあそんなあなたに、とっておきの秘密を教えてあげましょう」

「秘密？」

「ええ。姉さん……ひよりちゃんのおばあちゃんが、刺しゅう作家だったってことは言ったわよね。その作品が、あの家の蔵に全部納められてるって、知ってた？」

「うん。あ、虫干しとかした方がいい？　まだ蔵を開けたことがなくて」

「じゃあ一度中を見てみると良いわ。あの蔵は、姉さんがアトリエに使ってたこともあってね、色々残ってるのよ。虫干しは私が退院してからやりましょう」

そう言うと、すみれはいちごミルクを少し飲んで笑った。

「あの中で考え事をするとね、元気がわいてくるの」

蔵の鍵は、すみれの言った通り仏壇の奥にそっと置かれていた。
ずっしりと重く、古そうだけれど、錆びついてはいない。すみれは頻繁に蔵に足を踏み入れていたのかもしれない。
ひよりはそれを持って蔵の前に行ってみる。黒ずんだ南京錠はあっさりと開いた。
重たそうな扉に体重をかけ、少しだけ開けてみる。

「わ……」

埃っぽいにおいに続いて、微かに花のような甘い香りがした。その香りに誘われて、ひよりは重い扉を押し開け、蔵の中に入る。

入った瞬間、不思議な解放感があった。窮屈なタイツを脱ぎ捨てたときのような、頭をきつく締めあげる帽子を取り払ったような、そんな感じだ。


祖母がアトリエにしていただけあって、空間は広々としている。フローリングの端に旧式のエアコンが設置されていて、布のかけられた家具が蔵の隅に押しやられていた。

整とんされているとは言い難かったが、作品が点在していて、心地よい乱雑さがあった。たくさんの作品に見守られているような、そんな安心感もある。

刺しゅう作家だった祖母は、様々な布に刺しゅうを施した。ハンカチ大のものから、掛け軸、美術館にあるような壁画サイズのものまで、種類に事欠かない。

「すごい……！　おばあちゃん、たくさん刺しゅうしたんだ……！」

オーソドックスな花の刺しゅうでさえも、まるで本物の花のような色気がある。長い年月を針と糸に捧げた結果が、ひよりの前に広がっていた。

一糸一糸の美しさ、緻密さがひよりの胸に迫ってくる。近道もずるもない、丁寧な運針によって生み出された、色とりどりの芸術品たち。

「すごい、トロフィーとかリボンとかいっぱいある」

けれど様々なトロフィーたちは、部屋の隅に追いやられて、埃をかぶっていた。賞状に至っては請求書のように適当に積み上げられ、賞状ケースからはみ出ているものまである。

「こういうのはあんまり大事にとっておかなかったのかな……。ん？　この箱は何だろ」

トロフィーの輝かしさにはそぐわない、錆びついたクッキー缶。開けてみるとそこには、手のひらサイズの布がごちゃごちゃと入っていた。

「わ、これ結構古いんじゃないかな。昔の新聞の切れっ端とか入ってる」

一番上の端切れを手に取る。習作なのだろうか、刺しゅうされているのは、お世辞にも美しいとは言い難い模様だった。古新聞に掲載されたひまわりの絵を下絵にしたかったのだろうが、ひまわりというよりは黄色い石くれのように見える。

「新聞の日付、だいぶ昔だ。おばあちゃんが十代くらいの頃のかな？　でもこの作品がおばあちゃんのものとは限らないか」

と思った矢先に、隅に祖母の名が入った数枚の端切れを見つけてしまう。石ころのようなひまわりよりはましだが、ひよりでもできそうな拙い刺しゅうだった。

「……そっか。おばあちゃんは、最初から刺しゅうが上手かったわけじゃないんだね」

下手くそでもやめなかった。布に糸を通し続けた。一糸一糸真剣に縫い込んで、たくさんの作品を作り上げた。

その結果が、この美しい芸術品たちや、トロフィーの山なのだ。

「最初は下手っぴでも、何にもできなくても、いいのかな」

自分が下手であることに打ちのめされ、針を置くのではなく。

次はもっと上手くなろうと、懲りずに針を握りなおす。

それは紛れもない祖母の強さなのだとひよりは悟る。

「一足飛びに強くなったり、かっこよくなったりできるわけないもんね。やれることを一つずつやって、ちょっとでも前に進んでくしかないんだ」

そう呟くと、何だか吹っ切れたような気持ちになってくる。

ひよりはクッキー缶の蓋をそっと閉めて、元あった場所に置いておいた。

「ひいおじいちゃんみたいに、陰陽師として強いわけじゃない。鏡の守り手になって悪鬼四体を退けるなんて、すごいこともできそうにない……けど！　最初からすごいことができるわけじゃないんだもんね。地道に頑張らなきゃ」

ひよりは背中を押されたような気分になって、気分良く蔵の中を見回した。

アトリエに改築された際に、元々蔵にあったものは別の場所へ移されたと聞いているが、一部はまだアトリエの端に残っていた。

「……あれ」

蔵の隅、古い簞笥や長持ちの積み上げられた一角。

ひよりはその文箱をそっと開けてみる。

蓋に埋め込まれた一粒の金剛石が、きらりと光る。

薄紫色のそれは、文箱ほどの大きさだ。

「あんな箱、あったかな」


差出人は分かっている。ひよりは迷わずその手紙を手に取り、開いた。

そこには『野見山ひより様』と書かれた手紙が納められていた。

「……あ」


——突然、目の前が真っ暗になる。

けれど恐怖心はない。暖かな暗闇の向こうに誰かがいることは、分かっていた。

「……七生さん」

「やあ。そういう君は、ひよりさんだね」

にこにこ笑ってこちらに歩いてくるのは、青磁のかつての主、七生。さらりと白い浴衣に身を包み、気楽な格好で近づいてくる。

ひよりにとっては、会ったことのない曾祖父でもある。

「これはね、手紙に術を展開して、一時的に俺の人格を付与したものだ。時間に限りはあるが、君と話せるようになったこと、とても嬉しく思うよ」

「私もです。あの、私がこのお手紙を読むこと、分かっていたんですか」

七生はちょっと含みのある顔をする。

「さあ、どうだろう？　卜占では確かに、今日この場所に鏡の守り手がやってくると出ていた。けれどそこにあった手紙を読むかどうかまでは分からない。助言は、受け取る者がそれを欲していなければ、機能しないものなんだ」

受け手の態勢が整って、初めて受け入れられる言葉がある。

ひよりがいつまでも心を閉ざし、何もできないと諦めたままでいたら、この手紙を見つけることはできなかったかもしれない。

「弱さは、何もしないことの言い訳にはならない。……と、今の君には、分かり切っていることだったかな」

「あう、耳の痛い言葉です……」

「あっはは。ひ孫にちょっと厳しすぎたかな」

快活に笑う七生。三十代にしては若いので、少し年上のお兄さんのように思える。

だからひよりはつい尋ねていた。

「……あの、七生さんは、どうして青磁さんを置いていったんですか」

「んー？　土御門との抗争なんてくだらないもののために、あんないい子を犠牲にするわけにはいかないだろ」

「でも、青磁さんはずっと気にしてました。七生が死んだのに、自分は生き残ってるって」

七生は困ったように笑う。

「だってあの子は、あの竹林で死ぬ定めだったんだ。それを捻じ曲げたのは俺。もしかしたらあそこで死んでいた方が、あの子にとっては幸せだったかも」

「そんなことないです！」

ひよりは思わず叫んでしまう。

青磁のほんとうの気持ちを知ることはできないし、聞いたこともないけれど、七生がそれを言うのは悲しいことだと思った。

「それは、青磁さんの、七生さんとの思い出を馬鹿にしてるように聞こえます。青磁さんが幸せだったかなんて、私にも、七生さんにも分からない。それを決めることができるのは、青磁さんだけです」

七生は少しびっくりしたような顔をしている。

でもね、と続ける声は、先ほどよりも少し低い。

「どうあれ、一度助けてしまった命だ。であれば、あの子が生き延びられるよう、手を尽くすのが主ってもんだろ。それに、土御門一族に抵抗したのは俺の我がままだ。そして俺の力が足りなかったから、戦場に送られた。それに自分の式神を道連れにするのは、馬鹿げてるだろ」

ひよりはまだ得心がいかないように七生を見つめている。すると七生は、少し意地悪っぽく目を細めて尋ねた。

「……ひよりさんは、どうだろう。同じことをするかな？」

「え？」

「土御門に、君が育てた式神を寄こせと言われる。拒否する。見せしめに戦争の前線に飛ばされ、生きて帰る術はほとんどない。――そこに青磁を連れていけるか？」

「……」

「青磁じゃなくて、寧でもいい。自分の式神を、必ず死ぬと分かっている場所に連れていける？」

ひよりは言葉に窮する。軽々しく答えられない問いかけだった。

けれどひよりは、しっかりと七生の目を見据えて答えた。

「そんなの、できません。でも、ひとりぼっちで井戸に置き去りにすることも、……できません」

そして、今までずっと疑問に思っていたことをぶつける。

「主が死ねば、式神も死ぬ。青磁さんだけその決まりから外れるようにしたのは、どうしてなんですか」

「……」

ていたよ」

「……でも、あの子は一番生きたがっていたよ。何かを味わってみたいとずっと願い続けていたよ」

七生は笑う。何の憂いもない、爽やかな笑みだった。

「青磁に恨まれようとも、憎まれようとも――。俺はあの子に生きていて欲しかった。あの子は俺の大事な式神で、生きたがっていて、俺が美味そうに喰うものの味を知りたいと願っていたから……。だから、生かした。竹林と、野見山家の土地の加護――そして俺の術があれば、主がいない状態でもあの子を生かすことは可能だった」

「……」

「あの子が何のために縁切り屋をやってるか、知っているだろう」

「ついこのあいだ、知りました」

「うん？　なんだ青磁め、かっこつけたな。自分に舌がないことを言えなかったんだな。ったく、俺の子孫なんだから、そんなこと気にするわけないってのに」

違うだろうな、とひよりは思った。

舌がないことを気にしているというよりは、七生の式神として、完璧なところを見せたかったのだろうと思う。

七生のことが大好きだから、七生が少しでも侮られるのは我慢できなかったのだ。

ふいに鼻の奥がつんとする。

青磁は、七生と一緒にいたかったのだ。それは七生も同じ気持ちだったのに、それは叶わなかった。

どんなについていきたかっただろう。そして、どんなに連れていきたかっただろう。

「……私、ついこの間陰陽師って言葉を知りました。それくらいの素人です。だけど、青磁さんが願いを叶えるお手伝いがしたい。あの人を守りたい」

七生はもういないのに、まだ縁切りをしているということ。

それはつまり、彼がまだ舌が欲しいという願いを手放していないということだ。

「私、もっと主としての力をつけて、鏡の守り手としても頑張って、青磁さんに美味しいものを食べさせてあげたいです！」

「うむ、うむ！　その意気やよし。君は青磁を託すに値する陰陽師だ」

その言葉に一瞬誇らしさを覚えるが、すぐに現実を思い出す。

「でも……。私、鏡の守り手としてやっていく自信がありません。隕石を跳ね返すとか、悪鬼を四体同時にやっつけるとか、そんなの無理です」

「発想を変えてみなさい。あやかしたちの伝説に偽りはない。彼らには嘘をつく理由も意味もないからね。ということは、先代の鏡の守り手は、本当に神鏡一枚きりで、それらのことをやってのけたのだ」

「……」

「だから、当代の鏡の守り手である君にも、当然同じことができる」

ひよりは泣きそうな顔になる。

「で、できる気がしません」

「できるんだよ。問題は、どうやってやるかなんだ」

七生は噛んで含めるように言い聞かせる。

「神鏡は退魔の力を持つ。それは普通の陰陽師がやるような、呪術による退魔ではなく、鏡が持つ反射の性質を用いた退魔だ。悪いものを跳ね返す感じだね」

「跳ね返す……」

「想像できるね？　なら大丈夫、君ならできる。五百旗頭殿もやけに君を気に入っているようだし、既に神鏡と面識があるならなおさらだ」

そう言ってぽんぽんとひよりの肩を叩くと、七生ははっとした表情になった。

「これは……。土御門の呪術の気配？　君、もしかして土御門に狙われているのか」

「半年前に、私の近くで土御門さんが術を使ったって、五百旗頭さんは言ってました」

「うーん？　半年前、というより最近の気配のような気もするが。ずいぶん巧妙に隠蔽されているが、俺は土御門の術の気配なら熟知しているからね。長い間の抗争も悪いことばかりじゃなかったってわけだ、あはは！」

「あ、あはは……」

「多分土御門の呪術は、どこかの水辺で使われたはずだよ」

「水辺……。あ！　も、もしかして、プールで薫さんを狙ってた式神……。あれは土御門さんのものだったんですか！」

「うん、……だけどそれよりも、半年前の気配の方が厄介だな」

七生は犬のように鼻をひくつかせる。

「これは俺の直感でしかないが、実にいやらしい術式だ。気配だけでも分かる。ねじくれて陰湿で暗くて友達なんて一人もいなそうな土御門の気質がよく出ているね」

七生の言葉は辛辣を極め、ひよりは思わず苦笑する。

と同時に、この人が青磁の主だったのだ、と改めて思う。この辛辣な言い方は、どこか青磁を思い出させる。

「土御門のことだ、百年くらいは平気で生きそうな奴だと思っていたが、俺のひ孫の代まで意地汚く生き残っているとは。執念深いのも結構だがていどをわきまえてほしいものだね」

「そ、そうですね」

「だが、土御門との因縁を残してしまったことはすまなかったね。青磁のことだ、君に危害が及ばないようにうまく立ち回ってくれるだろうけれど」

「はい。青磁さんは、私を守ってくれようとしています。……でも」

「でも？」

「少し過保護だなって思うときはあります。もっと信頼してくれてもいいのに。まあ、私が頼りないから仕方ないんですけど」

「君は自分で思うほど頼りない存在じゃないよ。少なくとも君は、弱い自分を知っている。弱さがどんなものか分かっている」

ひよりは頷く。それは身に染みるほど理解している。

「弱さを知るものは、最初から強いものよりも、ずっと強靭だ。そして何より、守られたことのないものに、誰かを守ることはできない」

ひよりははっと顔を上げる。七生はにんまり笑って見せた。

「君に必要なのは自信だ。我こそが鏡の守り手なり、何人たりともここを通さず、くらいの気概で臨むことだね」

「は、はい。頑張ります」

「頼むよ？　そうじゃなけりゃ、青磁は惰弱な主を仰ぐ愚かな式神になってしまう」

その言葉には微かな気迫が込められていて、ひよりは心を打たれた。

「式神を持つということは、君を信じる者がいるということだ。君の背中を見ている子たちがいるということだ。その子たちに恥じないように振る舞わなければならない」

「は、はい……！」

「式神には、主しかいないんだ。青磁を置き去りにした俺が言うのも何だが……。彼らを裏切ってはいけないよ」

励ますように笑う七生の姿が、少しずつかすれてゆく。この手紙にかけられた術が、少しずつ終わりに近づこうとしているのだ。

「困ったことがあったら、五百旗頭殿に相談しなさい。ほんとうは俺が直接教えられたらいいんだけどね、俺が手紙に込めた術がそろそろ終わってしまうから」

「あ……！　じゃあ、ここで切り上げさせてください！　七生さんとは、もう一回だけ話したいことがあるんです！」

ひよりは慌ただしく手紙を閉じる。七生は苦笑して、

「分かった分かった。君と話せるのもあと少しだけになるが、必要があれば呼びなさい」

と言って、ひよりを手紙の外へと送り出した。

はっと顔を上げる。ひよりは蔵の中に一人で立っていた。

手の中の手紙は、あちこちがぼろぼろで、今にも消えてしまいそうだった。けれどまだひよりの手の中にある。

「……よし」

七生の名残をとどめた手紙を、大事に文箱に入れると、ひよりは蔵を後にした。

野見山家の客間に切れ味鋭い言葉が響く。

「え、でもそれは青磁さんが百パー悪いよね？」

声の主はもちろん、薫である。

「舌がないから味が分からないとか、そういう大事なことはさっさと言ってよ！　知らなかったせいで酷いこと言っちゃったなあって、私でも恥ずかしく思っちゃうよ」

そう言って自分で淹れた煎茶をすする。

横にいた霧生は、薫の大胆な物言いをひやひやしながら見守っていた。

「一応今は、青磁の客人として野見山家に来ているわけなのだから、その、もう少し言葉を選んだ方が……」

「選んだって事実は変わらないでしょ。大事なこと隠されてたって知るのって、結構ショックだからね」

薫と霧生は青磁が招いた。五百旗頭から、関係するあやかし全員を呼ぶように依頼されていたためだ。まさかここまで辛辣なことを言われるとは思ってもみなかったが。

青磁は気まずそうに弁解する。

「別に、言うほどのことはないと思ったのです。私がやることは変わらないのだから」

「いやいや言ってもらわなきゃ分かんないって！　ひよりちゃん、ああいう性格だし、言わなかった青磁さんより、気づけなかった自分のこと責めるタイプでしょ」

ぐさぐさと突き刺さる薫の言葉。青磁は、ぐう、と唸った。言い訳もできない。

そんな青磁の横に、からからと笑いながらどっしりとあぐらをかいたのは、石蕗だ。呼んでもいないのに勝手に押しかけてきた土地神である。

「いいねいいね！　お前がそうやり込められるのを見ているのは、すっごく楽しい」

「黙れ性悪」

「おっ、そんな口利いていいのかな？　玉木薫を守るのに、水の神と、縁切り屋の式神だけじゃあ、ちょっとばかり力不足だろ」

「我のみで問題ない」

むっとした顔で言う霧生の横腹に、薫が肘鉄を見舞った。細い肘が正確に内臓を狙い撃ちし、霧生の口からくぐもった音がこぼれる。

「刺し違えてでも私を守るとか思ってたら怒るよ？」

「ぐ……」

「せっかく会えたのに、また離れるなんてまっぴらごめんよ。残された方の気持ちも考えてよね！」

「ほんとうにそうです。残された側がどんなに辛いか」

青磁が神妙な顔で頷く。薫はちょっと驚いたように、

「意外な場所から同意が来たなあ。青磁さん、残された側なの？」

「私の前の主――七生は、私をこの家の井戸に閉じ込めて、一人だけ戦争に行って、一人で死んでいきました。まったく、自分勝手な主です！」

「それは……自分勝手すぎる！　ありえない！」

「でしょう！　私を守るとか、何なんですかそのおためごかしは！」

「誰がいつ守ってくれって頼んだって話よね！」

「それです！　大体言葉が致命的に足りないんですよ七生って男は……！」

このままでは限りなく愚痴ってしまいそうだ。青磁はこほんと咳ばらいを一つし、

「……ですから霧生さん、決して一人で討ち死になどしないように」

「しないように」

青磁と薫の二人に睨まれ、大きな体を縮める霧生だった。

薫は居住まいを正すと、

「でも、青磁さんと石蕗さんには感謝してるんだ。私のせいでひよりちゃんまで巻き込んでしまったのに、こうして助けてくれるなんて」

「まあ、縁切り屋ってのは恨みも買う仕事ではあるからな。意外と青磁も荒事には慣れている。俺は言わずもがなだが」

「土地神さまなのに、荒事に慣れてるんですか？」

「土地神とはつまり、数多いた精霊同士の共食いの果てだからね」

そううそぶく石蕗の目が、赤くぎらりときらめいた。

「……さて、我らをここに集めた妖狐どののお出ましだ」

石蕗が視線を庭の方に向ける。

すとん、と軽やかに地面に降り立ったのは、和服姿の五百旗頭だった。

そしてその後ろには、二本の尾を持つ猫又――百もいた。

百はそのまま客間に上がる。と、薫が横からむぎゅっと抱きしめた。

「猫だー！　しかも尻尾が二本ある！　かわいい！」

「ぎゃーっ！　はーなーせー！　あたしを抱っこしていいのは、ばあちゃんといっくんだけなんだから！」

「しかも喋るの!?　すごい！」

水揚げされたマグロのようにびちびちと身をよじり、どうにか薫の腕から逃れた百は、フーッと鳴いて威嚇する。

だがそれを毛ほども気にしていない薫は、

「いっくん……。あ、そっか、瀧宮くん家の猫又ちゃんだ」

「なに？　あんた、いっくんのこと知ってるの？」

「うん。瀧宮くんに、ここの縁切り屋のことを教えてもらったんだ」

ふうんと言って百は、面白くなさそうに薫の姿をじろじろと見た。

五百旗頭は百の頭をぽんぽんと撫でると、一同の顔をぐるりと見まわした。

「ご参集感謝する。結論から言うと――やはり一連の件は土御門が絡んでいたぞ」


青磁が淹れた茶で喉を潤しながら、五百旗頭は語った。

「まず玉木薫に式神を遣わしたのは土御門だ。あの男は美女に目がないし、前世が川の神の花嫁ならばなおさら手に入れたがるだろう。良い血を欲しがる陰陽師らしい発想だ」

霧生がむっとした顔で薫の体を抱き寄せる。

「薫は我のものだ。陰陽師などにはやらぬ」

「分かっている。だが土御門は執念深い。その執念深さゆえに、これまで陰陽師として名を馳せてきたと言っても良い」

そう言って五百旗頭は青磁に目線を移す。

「土御門は、玉木薫に遣わした式神を退けたお前を恨んでいる。お前が野見山七生の式神だったからなおさらだ」

「でしょうね。容易に想像できます」

「そしてお前たちもろとも潰すために、土御門の連中はとある術式を使おうとしている。その名も、剝離糾」

「剝離糾……？　初めて聞く名です」

「新しい呪術だ。俺も調べるのに骨を折った。この猫又のお嬢さんがいなければ、その正体にはたどり着けなかっただろうな」

百はふふんと得意げに二本の尻尾を揺らした。

「あたしたち猫又の情報網はすっごいんだから！　関東なら大体のことは一晩で調べられちゃうわよ！」

「ああ、頼もしかったよ。――俺はまず、ひよりさんが前にいた学校を調べさせた」

「そう言えば仰っていましたね。ひよりの身に残っていた土御門の術式の臭いと、ひよりの前の学校で起こった異変。どちらも半年前のことだから、時期が符合すると」

五百旗頭は頷いた。

「俺の見込み通りだった。ひよりさんが前にいた学校には、土御門の臭いが充満していた。その臭いを猫又たちに辿らせると、関東の様々な場所で同じ臭いがしたそうだ」

「様々な場所、ですか。具体的には」

「学校だ。およそ数十か所で土御門の術式の臭いがした。真新しい臭いもあれば、半年前ほどの古い臭いもあったらしい」

「……まさか、ひよりの前の学校で起こった異変は、土御門の術式によるものだと？」

「そうだ。土御門の新しい呪術である剝離糾の焦眉は、人間の負の感情を呪力としてためこむところにある。まず人間の集団に不和の種を植え付け、疑心暗鬼にさせる。そうして人間の中に芽生えた恨み、妬みを吸い取り、呪力とするのが目的だ」

青磁ははっとした表情になる。

五百旗頭の言葉が正しければ、ひよりの学校で起きたいざこざは、土御門の術式によって引き起こされたものということになる。

それを悟った青磁の顔に怒りの色が浮かぶ。

「ふざけるな！　ではひよりは、土御門の術式のために、転校を強いられたのですか！」

「ああ。ひよりさんだけ術式の影響を受けなかった理由は分からないが」

「あれは疑うことを知らない娘です。不和の種が芽生える余地などなかったのでしょう」

「あるいは、ひよりさんの鏡の守り手としての性質が影響したか」

青磁の脳裏を、ひよりの頑なな表情がよぎる。

学校のことを尋ねると、どこか辛そうな顔をしていたひより。自分は役立たずだと切なげに言い捨てたひより。

あれほど仲が良いと言っていた友人たちから、犯人の濡れ衣を着せられ、逃げるように去らなくてはならなかったのは、どれほど辛かっただろう。

それは全て、土御門の術式のせいだった。

そう思うとはらわたが煮えくり返るようだ。青磁の体の中にいる、糸切りばさみの付喪神も、青磁に呼応するように怒りの声を上げていた。

体中を駆け巡る怒りとは裏腹に、青磁の声はあくまで冷静だ。

「五百旗頭殿。ありがとうございます。おかげで心が決まりました」

「迎撃するかね。俺は手伝えんが」

えっ、と薫が驚きの声を上げる。

「おじいさん、ここまで関わっておいて助けてくださらないんですか！」

「こ、こら薫」

「はっははは。お前たちに肩入れしたいのはやまやまなんだがな。こう見えて俺はなかなかの重鎮ゆえ、下手に動くと戦争が起こる」

「えー……。おじいさんが出てきてくれたら、百人力なのに」

五百旗頭はまんざらでもない様子で片眉を上げる。

「水の神の花嫁に言われて悪い気はせんが、さすがに俺も五百年前の二の舞はやらんよ。この辺り一帯が焦土になるのは嫌だろう、なあ、石蕗？」

うそぶく五百旗頭の頭部が、一瞬妖狐のそれに変わった。真珠色の牙は、かつてこの辺りの陰陽師や精霊たちの命を、大鎌のごとく刈り取ったものである。

それを知っている石蕗は、苦虫をかみつぶしたような顔で、

「当たり前だ、クソ妖狐。あの惨状から回復するまでどれだけ時間がかかったか」

「はっは。――だが、真面目な話、よくよく作戦を考えなければならないぞ。剝離糾は新しい術式だ。しかも大量の人間の恨みを吸って、かなり巨大化している」

「望むところです。七生のみならず、ひよりまでをも傷つけようというのならば、私も容赦しません」

青磁の、刃のように鋭かった眼差しが、微かに緩む。

「それに、ひよりはきっと――いえ必ず、鏡の守り手として私たちの所に戻って来る。そうなれば剝離糾など恐るるに足らず」

糸切りばさみが青磁の手に現れる。しゃらん、と涼やかな鈴の音が鳴り響く。

「さあ、迎撃準備を始めましょう」

どろりとうごめく闇（やみ）の中から、土御門の生白い手が現れる。自ら携（たずさ）えているのは、黒く凝（こご）る剝離糾。雷雲（らいうん）のごとく、白い稲光（いなびかり）のようなものが走り、今にもはちきれそうだった。

土御門は満足げに笑う。剝離糾は、土御門家が生み出した呪術の中で最も美しい。

しかも一度術式を作動させれば、手を加えないで済むのが良い。一か所に長く留（とど）まらせておかねばならないのが難点と言えば難点だが、土御門ともなれば、このレベルの術式を同時に作動させることができる。式神を大量に使い捨てることになるが、そのていどは何の問題にもならない。

つまりこの剝離糾は、土御門一族でしか作り出すことのできない芸術品なのだ。

洗練されて美しく、目をそむけたくなるほどおぞましい。それが土御門の剝離糾。

「ふ、ふ……。水の神であろうと小雀（こすずめ）であろうと、剝離糾の前では敵ではない。跡形（あとかた）も残さずひねり潰してくれるわ」

久しぶりの高揚感（こうようかん）が土御門の足取りを軽くする。

その横に音もなく従う影（かげ）があった。土御門の式神だ。やせ細った男の姿をしている。

「主さま。弦狼堂の妖狐めが、我らの術の跡を嗅ぎまわっているようです」

「ああ、あの妖狐か。ふん、今更何ができるわけでもないだろう。捨て置け」

「しかし、万が一にも妖狐が我らに牙をむくことがあれば」

「そうであれば絶好の機会よ。あの難攻不落の弦狼堂に攻め入る口実ができるからな」

弦狼堂には貴重な品がたくさんある。大枚をはたいても買えない書物や、著名な陰陽師の遺物、あやかしの残留物。今は五百旗頭が守っているから手は出せないが——。

しかしあまり欲張ってもいけない。五百旗頭は自分の立場をよくわきまえた妖狐だ。

「五百旗頭が我らに正面から盾つくほど愚かであれば、あれほど長く生きるのは難しかっただろう。ともあれ、あの妖狐は算段に入れずとも良い」

「はっ。では主さま、ご予定通り、明日未明にお出でになるのですね」

「ああ。払暁を狙う。我が式神たちにもそう告げよ」

式神は深々と一礼すると、闇の中に溶け消えていった。

「うわ、なんかここ、ミイラとかある……」
ひよりの姿は弦狼堂にあった。

五百旗頭は不在にしているのか、彼女を出迎える者はいなかった。

けれどそれに構ってはいられない。前に進むと決めたのだ。

それに、神鏡を見つけ出さないことには、鏡の守り手として何ができるのか分からないままだ。

のろのろと弦狼堂の道を歩くひよりは、足元の物にいちいち驚いてはつまずき、悲鳴を上げては転びかけていた。道はなかなか複雑だが、寧を連れてここへ飛び込んできたときのような、手の付けられない迷路にはなっていなかった。

「神鏡さーん……」

しかし、どこにあるかが分からない。五百旗頭が戻ってくるのを待って聞けばよかったと思いかけたが、そんな弱気を払拭するように首を振る。

これはただの直感だが——自分で捜さなければいけない気がした。

それに恐らく、今ひよりは試されている。

根拠はない。けれど何となくそう感じていた。

「ちょっとは守り手っぽくなってきたかも？　なーんて」

笑いながら前へ前へと進む。少し開けた場所に出たので、深呼吸をして小休止する。

「……んん？」

彼女の視界の端に、きらりと光るものがある。鏡か、と思いかけてその棚に近づいてみるが、それはどうやら刃物のようだった。持ち手に鈴がついている。

「これ、青磁さんの持ってる糸切りばさみに似てるなあ」

「そりゃあそうだ。アタシはその片割れだからね」

「う……っわ」

糸切りばさみが喋った。

ひよりが思わずそう呟くと、はさみはふふんと笑った。

「付喪神ってやつさァ。ま、年月さえ経ちゃあ、鍬でも鋤でもいっぱしの付喪神になるだろうけど。んで？　あんたなんでこんなとこにいんのサ」

「神鏡を！　捜してましして！」

「神鏡ォ？　あー……。あんた、近いもんね。顔もさ、満月みたいにまァるいし」

「顔だけですか！　丸顔、結構気にしてるのに……！」

両手で頰を包み込みながら恨めしげに言うと、はさみはけたけた笑った。

「いいねいいねェ。からかいがいのある子は好きだよ。……あ、しかもあんたサ、前にここに来たことあんだろ？」

「子どもの頃に、一度だけ。その時に鏡を見つけたって五百旗頭さんは言ってました。あんまり覚えてないんですけど……」

「覚えてないの？　アタシたちにも正体が分かんなかったヤツを、一発で鏡だって見抜いてさ。五百旗頭の爺さんってば、どうして自分には見抜けなかったんだって悔しがってたよォ」

はさみは楽しそうに喋ると、りりん、と鈴を鳴らした。

「って言うか、神鏡持てるってことはあんた、鏡の守り手ってことだよね!? すごいじゃん、全然そうは見えない！」

その言葉がぐさりと刺さる。けれどもう、いちいち落ち込んでいたらきりがない。

「まだ私もそこまで自覚はないんですけど……。鏡の守り手らしいです」

「ふーん、鏡の守り手って初めて見た。意外とフッーなんだ。でも、そういうものなのかもしれないね。神鏡は持つものの心がそのまま反映されるっていうし。フツーって結構難しいし」

そう呟くと、はさみは元気よく言った。

「神鏡がどこにいるかは分かんないけど、心当たりがなくもないんだ。途中までなら案内してやるよ」

「いいんですか？　ありがとうございます！」

願ってもない申し出に、ひよりは喜んでそのはさみを手のひらに載せ、彼女の指示通りに歩き始めた。

この糸切りばさみの話によると、昔野見山家の陰陽師が、妻の針仕事のために作った糸切りばさみは二丁あったのだという。だが一丁は誰かに譲られ、一丁だけが——青磁の中にいるはさみだけが、野見山家に残った。

「どうして二丁も作ったんでしょう？」

「奥さんがさ、粗忽モンだったんだよ。すーぐ物なくしちまうの。だから念のために二丁打ったんだってよ」

「ちょっと他人事じゃないかも……。うち、爪切り五個くらいありますもん」

「無駄遣い！」

「うっ……言い訳のしようもありません……」

「ま、そういうわけでさ、二丁打ったんだけど、うっかりどっちにも権能が宿っちまって。あっちは縁切り、アタシは縁結び」

「縁結び？　すごい、かっこいいですね！」

「いやぁ、縁結びっつっても、所詮は付喪の権能さ。大したことはできねえの。そんなちっぽけな能力を後生大事に持ってたってしょうがねぇからさ、アタシは自分の権能をあっちに譲ったんだ。そんで、色々人手を渡り歩いて、今ここにいるってぇわけ」

「なるほど……。だから青磁さんは縁切り屋ができるんですね」

　小関姉妹の式神の縁を切った後に、また繋いでいたことを思い出す。あれはこのはさみの権能によるものだったのだろう。

「あ、でも、どうしてはさみさんは青磁さんのことを知ってるんでしょう？」

「そりゃ、あっちとアタシは繋がってるからねェ。あっちがえらく青磁って精霊を気に入ってさ、力を貸してやることにしたんだって。そもそもアタシらは野見山家のものだし、家を守るためならばって、青磁の中に入り込んだ」

　はさみは懐かしそうな声音で続ける。

「しばらく一緒に過ごすうちに、縁切りばさみは青磁の願いに気づいた。知ってる？　舌が欲しいっていうあの子の願い。健気なもんだよねェ」

「はい。私には、なかなか教えてはもらえませんでしたが……」

「あっはは、気にしなさんな。男ってなァ見栄はりたいもんなんだよ。あんたみたいにまっすぐな主ならなおさらさ」

　それにさ、とはさみは続ける。

「秘密主義は悪いことじゃない。付喪神の力を使って、縁切り屋で善行を積めば、舌を得られる——なんて話、他の陰陽師に言いふらされても困るからね。陰陽師ってなァ大抵、ごうつくばりのケチ野郎だからさ！」

「あはは……。土御門さんの一族みたいな感じですか？」

「そうだよ！　ったく連中ときたら、手前のことしか考えねえ。陰陽師ってのはそういう生き物だって知っちゃあいるけど、やっぱり少しがっかりするよ」

はさみは小さく鈴を鳴らした。

ひよりとはさみはどんどん進んで、店の奥の方までやってきた。明かりが乏しく、先へ行くほど道幅は広くなってゆくようだ。

「最後に見た時、神鏡はこの辺をうろついてた。アタシはここまで、あとは自分で捜しな」

「はいっ」

「アタシに権能はもうないけど――。祈るくらいならいいよね？　どうか、あんたに良縁があるように！」

はさみはしゃらんと鈴を鳴らし、地面に吸い込まれるようにして消えていった。

「わあ……付喪神さんたちはこんなふうに、自由に店の中を動き回ってるんだ……。じゃなくって、案内、ありがとうございましたー！」

地面にお礼を言ってから、ひよりは顔を上げ、むんっと気合を入れなおす。

「神鏡さんを、見つける。それから青磁さんたちの所に戻る。頑張らなくちゃ」

弦狼堂はこんなに広かっただろうかと思いながら、延々と歩き続ける。

歩いている間に今までのことを思い出していた。

先程道案内をしてくれたはさみの付喪神。猫又になった百。かつての花嫁と再会した霧生と、その片割れである薫。健気に式神としての責務を果たそうとする寧。

ちょっかいを出しながらも面倒見の良い石蕗や、ひよりを気に入ってくれている五百旗頭。それから、彼らと出会うきっかけをくれた青磁。

あやかしも人間も神様も関係なく、ひよりの世界を変えてしまった。

けれどどういうわけか、その変化が嬉しいのだ。鏡の守り手なんて言われてもぴんとこないし、陰陽師についても詳しくない、非力な存在であることに変わりはないのに。

きっとそれは、いいな、好きだな、と思える存在が増えたからだろう。

そして、もしできるのならば、彼らの役に立ちたい、と思う。

ひよりはひたすら神鏡を求めて店の中を進んでゆく。

棚の中に光るものがあると駆け寄って調べた。それは神鏡ではなかったけれど、きらきら輝いてひよりの背中を押してくれているような気がした。

店の中の物たちは皆ひよりを見守ってくれていた。初めてここに足を踏み入れた時と同じように。

やがてひよりは店の行き止まりで、神鏡を見つける。

それはぴかぴかに輝いていた。空中に浮かんで、ただひよりを待っている。

ひよりが鏡に触れた瞬間、視界がぐらりと歪み、目の前の鏡の中に吸い込まれてゆくような感覚がした。

何度か瞬きを繰り返すと、目の前に一人の女性が立っていることが分かった。顔は見えない。ただ陰陽師のような白い服をまとっていて、長い髪がさらさらと風にそよいでいる。

ここは――。弦狼堂の中ではない。

草原だった。風がびゅうびゅうと吹き抜けて気持ちがいい。

明け方なのだろうか、地平線からゆっくりと上ってくる日差しが、空を紫色のグラデーションに染め上げていた。

顔も分からないほどの暗さではないのに、相対する女性の顔は、よく見えない。

『りんごあめのお嬢さん』

「あの、昔お話しした、鏡の方ですか」

『ええ、そうよ。思い出してくれた？』

「全部ではないですけど……。そんなにすごい鏡だって知らなくて、りんごあめなんかにたとえてごめんなさい」

『謝らないで。ぴかぴかだと言われて嬉しかったのよ。あなたのおかげで、狐の若造が私の価値に気づいたようだしね』

「五百旗頭さんを若造って呼べるのは、お姉さんくらいだと思います」

懐かしい声がころころと笑う。聞いていると懐かしさに胸が締め付けられそうだ。

きっとずっと昔から、この鏡を知っている。

「お姉さんは神鏡さんですか」

『そうよ。この姿は、初代の鏡の守り手を借りたもの。私は彼女と共に過ごしたの。かつての昔、今はもう遠すぎて思い出せないほどだけれど』

「……私が鏡の守り手になったのは、子どもの私が弦狼堂で神鏡さんに会ったから？」

神鏡は言った。

『逆よ。あなたが鏡の守り手だから、私を見出すことができたの。けれど私を見つけなければ、あなたは私と縁を繋ぐこともなかった。鏡の守り手であることに気づかないまま、一生を終えていたでしょう』

「そしたら、青磁さんとも会えなかった？」

『ええ。あなたが青磁の〝七生に会いたい〟という思いに共感し、呼応したから、あの時井戸の封印は解けたのよ。あなたがいなければ彼はまだ眠ったままだったでしょうね』

神鏡は囁くように言って、それからひよりの目を見据えた。

二人はしばらく黙ったまま、互いの目を見つめている。

『尋ねましょう。あなたは私に何を望む？　鏡の守り手よ』

「私が、あなたに？」

『ええ。あなたの望みは？　あなたの心の中にある思いは？　……言ってみて』

強くなりたい。皆の役に立ちたい。苦境にあっても逃げないでいられるような、そんな人間になりたい。

そう思っていたはずだった。けれどそれらの感情は、長く歩き回っているうちに、すっかりどこかへ行ってしまった。

代わりにひよりの口をついて出たのは、彼女の中に最後まで残っていた、簡素で切実なこの言葉。

「皆を守りたいです」

『……』

「青磁さんや、石蕗さんや、薫さん。寧ちゃん。霧生さんや百さん。皆良い人たちで、優しくて、楽しくて、好きです。その人たちが、毎日幸せであってほしい。もし、その幸せが、悪い人に狙われているのなら——それを守りたいと思います」

『心得た』

神鏡の声が荘厳さを帯び、ひよりの胸にずんと迫る。

『鏡の守り手よ。我が同胞よ。初代の守り手はいかなる敵をも退け得た。その力の源は、呪力にあらず、怒りにあらず。その力は、真円なる心より湧きいづる願いによるもの』

「願い……?」

『初代の守り手は都を守ることに命を懸けた。彼女の願いは、都を、都の人々を、その生活を守ること。ゆえに守り手の背後にはいかなる矢も届かず、いかなる呪いも及ばず』

ひよりははっと気づく。

神鏡を使いこなすために必要なこと。それは呪力の多さや、陰陽師としての才能といったものではない。

何かを、誰かを、守りたいと思う気持ち。神鏡はそれに応えるのだ。

「その気持ちさえあれば、隕石だって悪鬼だって、跳ね返せるんだ」

『守り手が望むのならば、そのように』

ひよりはぐっと拳を握りしめる。

「神鏡さん。私に力を貸してください。今から家に帰らなくちゃ」

神鏡は笑う。強い風が吹きつけて、二人の髪をかき乱した。

異変は、何かが焦げたような臭いを前ぶれに現れた。

最初に気づいたのは薫だった。明け方の暗い部屋の中、彼女はどのあやかしよりも先に飛び起きて、雨戸を勢いよく開け放ち、既に頭上を覆う呪いを睨み上げた。

屋根の上に立つ青磁は、どんどん空に広がる暗雲を見上げている。東の空には既に朝日が昇っているはずなのに、その気配が全く感じられない。墨を塗りこめたような真っ黒な天が、そのままこちらに落ちてきそうだ。

青磁は地上に立つ石蕗に向かって叫んだ。

「お前の神社の方にも来ていますよ！」

「そりゃあいただけないな！　ここら一帯に結界を張ったが、さあてどこまでもつか」

屋根の上までふわりとやって来た石蕗の、鋭い犬歯がぎらりと光る。

彼が元々唐獅子の精霊であったことを知る者は少ない。青磁はその僅かな例外に属する存在であり、だから遠慮なく顔をしかめる。

「あまり下品な真似はするなよ」

「それは了承しかねる。たまには荒ぶることもしなければ、土地神を名乗れまい！」

ごおう、とここら一帯を揺るがすほどの咆哮が轟いた。石蕗は長い尾を持つ獅子へとその姿を変え、果敢に暗雲へと向かってゆく。

彼の咆哮は雷をまとった風となり、その雲を遠方へと押しやった。

嵐を従えて暴れまわる彼は、確かに神と呼ばれる威容を持っていた。

七色に輝く尾、黄金色の美しさを振りまくたてがみ。吉祥を身に着けた土地神の、力いっぱいの咆哮に、背筋がぶるりと震えた。

下から霧生も上がってくる。首の辺りに、薄っすらと白い鱗が生えそろっているのが見えた。彼もまた、水の神としての力を振り絞って、あの暗雲に対抗しようとしている。

「あの妖狐は帰ったぞ。口惜しいが、あの大物が出てしまえば大戦争は免れぬだろうから」

「仕方がありません。私たちだけでどうにか時間を稼ぎましょう。ひよりが神鏡を持って来るまでは、やられるわけにはいきませんから」

霧生はちらりと青磁の顔を見る。

「あの娘は、ほんとうに神鏡を持ってここへやって来るのか？」

「私の主を疑う気ですか？」

間髪容れずの青磁の言葉。その瞬間、剣呑な光が式神の目に宿る。

霧生は苦笑し、

「いいや。そなたがそれほど信ずるのであれば、必ず来るのであろう。それに、あの娘の鏡から受けた月の光は――悪くなかったからな」

霧生の周囲に水の粒が浮かび上がり、徐々に大きくなってゆく。

「さあ、我は土地神の援護をしてこよう。そなたはここを頼む」

「分かりました」

雷が鳴り響く。石蕗が暗雲の中に飛び込んでは、かき散らしてまた出てくるのが見えた。

霧生の放つ大粒の水もそれを援護する。水がぶつかった部分の暗雲は、ぱっと飛び散って消えてしまうのだが、しばらくするとまた復活してしまう。二柱の神の派手な攻撃に比べて、相手の被害はそこまで大きくないようだった。

「……吹っ掛けられた喧嘩で、こちらが消耗するというのも業腹ですね。できればこの暗雲の源を潰したいところではある」

この暗雲全体が本体、というわけではないだろう。この暗雲を操っている「中央」があるはずだ。青磁は目を凝らして暗雲を見つめる。

「右寄りのあそこが少し怪しいか」

懐からいつもの糸切りばさみを取り出し、ぐるんと回す。身の丈ほどに大きくなったはさみは、興奮したように何度も鈴の音を鳴らした。

ふ、と息を整えた青磁は、はさみを構えて軽く屋根を蹴った。

「やッ！」

気合一閃、放たれた斬撃が小気味よく暗雲を切り裂く。

妙な手ごたえがあった。誰かが暗雲の中にいる。青磁の一撃をたやすくかわし、攻撃されてもなお鷹揚とそこにたたずむ誰か。

それを目撃した瞬間、青磁の顔が怒りに歪んだ。

深海生物のように、ぬめぬめとした白い肌。神経質なまでに白い陰陽師の衣をまとい、青磁の姿を認めるや否や、金壺眼を見開いた。

「小雀か」

「土御門……ッ！」

土御門の周りを、黒雲が躍るように取り囲む。それは土御門が持つ水晶から、嫌な臭いを放ちながら際限なく放たれていた。

「あれが剝離糾の源か……！　人の恨み、人の妬みが凝ったもの……！」

土御門はその場の面々を一つ一つ数え上げる。

「小雀に水の神。蠅のように飛び回っているのは土地神か？　まあいい、精霊に毛が生えたていどであろう。玉木薫は家の中……であれば、野見山の家ごと押し潰してくれる」

「させるか！」

石蕗が牙をむき、土御門に襲い掛かる。

だが土御門は顔色一つ変えず、指先をつと動かした。

剝離糾がうねりを上げて石蕗をつかまえる。そのまま獲物を捕らえた鰐のように回転し、石蕗を地面に叩きつけた。

「ぐっ……！」

石蕗の体が地面にしたたか打ち付けられる。その体には黒いもやがこびりついて離れない。それは細い筋となって野見山家の周りを漂い、窓の隙間から入り込んで、中にいる薫をも狙おうとしていた。

獅子は苛立たしそうに唸って体を振る。だが払っても払っても、そのもやは執拗に石蕗を狙い、首に幾重にも巻きついて絞め上げようとした。

それを断ち切る、しゃきん、という小気味いい音。

青磁のはさみがもやを断ち切り、石蕗を自由にする。断ち切られたもやは、のろのろと撤退し、暗雲の方へ戻ってゆく。

安堵の息をついた石蕗は、感嘆したように、

「君のはさみはそんなことまでできるのか？」

「今日は特別です。これ相当疲れるので、あまり使わせないで下さいね。——さて、土御門直々にお出まし下さったようですが」

「気持ちの悪い風体の陰陽師だな。しかもものすごく臭い。玉木薫も、あんなのに目をつけられるとは、かわいそうに」

青磁と石蕗の横に、霧生がふわりと降り立つ。顔色が良くなかった。

「あの剝離糾……！　ありったけの恨みを煮詰めて、凝縮させたような感じだ。しかもかなりの式神があの術式の生贄になっている。死臭が、凄まじい……ッ」

「こりゃあ、ひよりが来るまでの時間稼ぎ、なんて悠長なことは言ってられないな。仕留めに行くしかない」

「ああ。我が道を開こう」

「頼んだ。これ以上あの陰陽師にデカい面させてたまるか！」

唐獅子はふわりと宙に舞い上がる。

霧生はその身を大蛇に変え、同じく空中に浮かび上がった。優雅にとぐろを巻き、濡れた鱗を光らせてたたずむさまは、やはり水の神の貫禄がある。

霧生の周りに風の流れが生まれる。それはやがて竜巻となり、霧生の生み出す水を吸い上げて、巨大な渦潮へと姿を変えた。霧生の目がいっそう輝きを増した瞬間、その渦潮は土御門と、彼を取り巻く暗雲めがけて放たれる。

「いけるか……！」

渦潮はうねりをあげて、黒雲を巻き込んでゆく。巻き取られた剝離糾の暗雲はどんどん薄くなっていって、ただの雨雲のように見えてくる。

霧生の鱗が七色に輝き始める。渦潮はその威力を増し、完全に東側の剝離糾を消し去ってしまった。

「よし、土御門が無防備になった！　今だ！」

石蕗が空中を蹴ろうと身を縮めた瞬間。

土御門の唇がぐんにゃりと歪んだ。

「――愚かな」

水晶の中の黒雲が急激に凝縮する。

その呪いは、水銀のようにどろりと溶けて、それから。

鋭い銀の槍となって、無防備に浮かんでいる霧生の腹を貫いたのだった。

オパール色の鱗が弾け飛び、真っ赤な血が迸る。力を失った霧生は大蛇の形を取ることができず、人の姿となって地面に落ちてゆく。

青磁ははさみを投げ捨ててその体を受け止める。地面に横たわった霧生の体から、どろどろと流れる血は即ち、生命力。

神とて死と無縁ではない。体に蓄えた力がなくなれば――消える。

悲鳴を上げて飛び出してきた薫が、霧生の体を抱きしめ、揺さぶる。その大きな瞳が、怒りを湛えて土御門を睨み上げた。

「この……ッ、この野郎っ！　私が絶対に、お前を、殺してやる……！」

「ふはははははは！　良い顔だ小娘！　黙って我の物になれば良かったものを！」

「死んでもご免よ、クソ野郎！」

「次来るぞ、青磁！」

「分かっています！」

剥離糾がまたぐにゃりと姿を変え、あの水銀のような槍で攻撃してくる。青磁のはさみでさえも、受け止めるのがやっとで、ろくな抵抗ができない。受け止め損ねた水銀が地面に落ちた瞬間、そこに生えていた草が一瞬で枯れてしまった。

「俺の土地を……！　この陰湿陰陽師め、侮るのも大概にしろ！」

石蕗がそう叫んで、剥離斜へと向かおうとした、その瞬間。

剥離斜が放つ悪臭がふと和らいだ。清廉な水の香り、爽やかな風のにおいがすうっと野見山家を包み込む。

そこに現れたのは、ひよりだった。その手には赤い布で包まれた神鏡を持っている。

布越しでもそれと分かる気配に、土御門の口の端が引きつった。

「お前……何を持っている？」

ひよりはふっと顔を上げる。彼女の目に飛び込んできたのは、血まみれで倒れる霧生と、それにすがる薫の姿だった。

「霧生さん！」

ひよりは慌てて霧生のもとへ駆け寄る。薫が必死に止血しているのを見、部屋に駆けあがるとたくさんのタオルを持ってきて、薫に渡した。

「ひどい……。あれはいったい何なんですか」

「あれは剥離斜というそうです。土御門が練り上げた、最低最悪の呪術」

青磁はひよりの傍らに立つ。覗き込んだひよりの目に、恐怖の色はない。

だから青磁は告げる。

「剝離糾。あれは、人の恨みや妬みを吸い上げて力とする呪術だそうです。人々の間に不和の種をまき、疑心暗鬼を起こさせ、人の負の感情を呪力に変換する」

「……ひどい」

「あれがお前の前の学校に不和をもたらしたものです」

ひよりは首を傾げる。青磁は早口で続ける。

「五百旗頭殿が仰っていました。あの術がお前の学校にも現れて、生徒たちを疑心暗鬼にさせたのだと。だから、全てのいざこざは、不和の原因は、あの剝離糾なのです」

ひよりは激怒するだろう、と青磁は思った。

この温厚な主も、自分が逃げるように転校する原因を作ったものが、あの剝離糾なのだと分かれば、目を吊り上げて怒りをあらわにするだろう。

けれどひよりは、心底安堵したような笑みを浮かべた。

「良かった……！」

「え？」

「皆の仲が悪くなったのは、あの剝離糾って術のせいなんですね。皆がお互いのことを嫌いになったんじゃなくて、あの術がそういう気持ちにさせたからなんだ。一学期に仲良くなった皆がいなくなっちゃったわけじゃないんだ……！」

青磁は絶句してひよりの顔を凝視する。

それから、ため息のような笑い声を漏らした。

「そうか。そうでしたね。お前は……そういうことを言える娘でしたね」

陰陽師に向かない娘。優しくてのんきな、人を恨むことを知らない子。

ゆえにこそ年経た妖狐に気に入られ、神鏡にその身を委ねられたのだ。

ひよりは、どんな気持ちで転校してきたのだろう。どんな気持ちで、この広い野見山家に引っ越してきたのだろう。きっと辛かっただろうに、ひよりはそれをおくびにも出さず、井戸で青磁を見つけた。見つけてくれた。

泣き笑いのような表情を浮かべる青磁を見、ひよりはそっと手を伸ばす。小さな手が、糸切りばさみを握りしめる式神の手の上に重ねられる。

「あの術は強いですよ。並大抵の陰陽師では歯が立たない」

「大丈夫。私は鏡の守り手です」

ひよりの穏やかな瞳に強い光が宿る。

「神鏡と守り手が組めば、どんな悪鬼も退けられると、昔の記録にありました。それなら、陰陽師の呪術だって跳ね返せる」

「けれどお前の呪力は、土御門に比べれば――吹けば飛ぶようなものだ」

青磁の目には、彼我の強烈な実力差が見えている。土御門は、ひよりのように初心者の域を出ない少女が、太刀打ちできる相手ではない。

だが、ひよりの顔に暗さはない。

覚悟を決めた人間の、吹っ切れたような表情が浮かんでいる。

「大丈夫です。皆を守りたいっていう気持ちさえあれば、神鏡さんは応えてくれる」

そう言ってひよりはちらりと頭上をうかがう。野見山家だけではない、あの剝離斜という術式は、ここら一帯を不幸の渦に飲み込もうとしている。

そこにいるのはひよりや青磁だけではない。他の皆がいる。彼らの明日がある。

「どんな蹂躙も許さない。――絶対に皆を守ります」


土御門はそんな主従を面白そうに見下ろしている。

「野見山家の陰陽師と言うから、多少なりとも骨があるのかと思えば……。みすぼらしい、ただの小娘ではないか」

しかしその手に持つ武器は、間違ってもみすぼらしいなどとは言えない。神威を放つそれは、小娘ていどが持つにはあまりにも神々しすぎる。

「あれはまさか……神鏡か？　いや、そんなはずないか。神鏡などこの時代にあるはずもなし、大方式神の目くらましであろう。張り子の武器で何ができる」

土御門は悩む。小雀もろとも一気に貫こうか、それとも彼らの絶望の顔をつぶさに観察してから殺そうか。

楽しい悩みに首をひねりながら、剝離糾の照準をひよりに向ける。

「……ッ」

ぞわり、と土御門の背中の産毛が総毛立つ。

違う。あの神鏡は張り子などでは決してない。存在の格がまるで違う。

薄紙一枚隔てた場所の深淵を垣間見るような、深い湖の薄氷に足を乗せているような、そんな恐怖心が土御門の足元から這い上り、言葉を詰まらせた。

けれど歴戦の陰陽師は、その恐怖心をねじ伏せ気炎を吐く。

「……ハッ。我が技術の粋を集めしこの剝離糾が、あんな小娘に負けるものか」

言うなり、土御門は剝離糾から十本の槍を引き出し、ひよりに向けて放った。

「ひより！」

青磁のはさみは間に合わない。誰もが最悪の事態を想像する。あの水銀の槍が、ひよりの柔らかな肉を貫く様を。その光景を。

白銀の穂先は過たずひよりの心臓を狙う。

「ここは通しません」

凛と響くは守り手の言葉。

果たして神鏡は、十本の槍を過たず受け止めた。

きぃいんという甲高い音が響く。

槍の穂先は鏡面に触れ、音もなく飲み込まれていった。神鏡はいともたやすく剝離糾の呪力を受け止め、そうして——。

跳ね返した。

ひよりの鏡から十本の水銀の槍が放たれる。それは呆気に取られていた土御門の、すぐ側を掠めて飛んで行った。

土御門の顔が凍り付く。震える手で頰に触れると、べっとりと赤黒い血がこびりついた。

敗北を知らぬ土御門の、久しく流れることのなかった、血。

「なんだと……!?　剝離糾、次の攻撃を放て！」

命令に応じ、剝離糾の黒雲が様々な形に変化する。槍、剣、弓といった害意ある武器が数百本、一斉に野見山家に注がれる。

「一本たりとも、野見山家の敷地に落ちることは許しません！」

神鏡の鏡面が揺らぐ。雨のごとく降り注いでいた武器は、凍り付いたようにその動きを止め、白い砂となって崩れ落ちた。

その光景を見、石蕗と青磁は驚いたように顔を見合わせる。あれほど苦労させられた剝離糾の攻撃が、こうもやすやすと無効化されるとは。

「なぜだ……ッ!?　なぜお前が、剝離糾の攻撃を防げる！　お前のような何も知らない小娘が、なぜ我の術を台無しにする！」

「あなたみたいな人がいるからです」

ひよりは顔を歪めて叫ぶ。

「あなたみたいに、他人から搾取することに何のためらいもない人がいるから。式神やあやかし、他の陰陽師のような弱い存在を傷つけても、全く良心が痛まない人がいるから。そういう人に対抗するために、鏡の守り手はいるんです」

その言葉に、石蕗は独り呟く。

「土御門のように、悪意に満ちた存在が猛威を振るうと、神鏡がそれに対抗するために現れるのか。守り手は、その力を引き出すための媒介ってところか」

けれど土御門は納得しない。かぶりを振って、剝離糾の全ての力を黒い雷に凝縮する。稲光を放ちながら、呪力が強く強く凝縮されている。とてつもない質量を持った雷は、腹に響くような雷鳴を上げながら土御門の前に浮かび上がる。

周囲の空気が一変する。肌が粟立つような呪力を帯び、呼吸するたびに臓腑が締め上げられるような毒を孕む。

ひよりはそれを見ても、ただ悲しそうに眉を下げるだけだった。

「どうしてそんなものを作るんですか。誰かを苦しめて、そこから力を吸い上げて、あんなにおぞましいものを作って……あなたは何がしたいんですか」

土御門は一瞬虚を衝かれたような表情になった。それから歯を剝き出しにし、獣じみた表情を浮かべる。

「野見山七生も同じことを聞いてきたな。くだらない話だ、陰陽師であれば、より洗練された術を開発するのは当然のこと」

「何のためにですか」

「その問いかけがくだらんと言うのだ」

対話を打ち切り、土御門が剥離糾の全てを放つ。雷光を帯び、黒い太陽のように凝縮された剥離糾が、隕石のように降ってくる。

「その雷は、決して私たちに届きません」

鏡の守り手は囁くように言う。

神鏡はぎらりと銀色の光を放つ。それはそのまま、雷鳴を引き連れてひよりに落下する剥離糾を取り囲み、圧縮している。

その光景は、白い鳥が、黒い魚をひとのみにしてしまっているようにも見えた。

青磁はそれを、ひよりの後ろに立って見つめていた。

小動物めいて頼りなかったひより。青磁が自分の身を保つために、急場しのぎの主として陰陽道に迎え入れた少女は今や、鏡の守り手として、剥離糾から皆を守っている。

その背中が、やけに遠く見えた。

「私は式神なのに、お前の前に立って、お前を守ることはできないのですね」

独り言のつもりだった。

けれどひよりはそれを聞きつけ、視線だけで青磁の方を振り返る。

「そんなことはないんですよ」

いつもの、間の抜けた笑みを浮かべてひよりは言う。

「だって青磁さんがいなかったら私、こんなところとっくに逃げ出してます」

怖くないと言えば嘘になる。人間の悪意を煮詰めたようなその術式が、この世に存在すること自体が既に恐ろしい。

でも。

守りたいと思ったから。主の食べるものの味を知りたくて、舌が欲しいと願う式神の日々が、安らかなものであってほしいと思ったから。

だからどんなに恐ろしいものがやってきても、決して引かないと決意した。

やがて、神鏡から放たれた銀色の光が、花火のように弾け飛んだ。

嫌な臭いは清廉な水の香に清められ、黒雲は空中に霧散した。

剝離糾が消えたのだ。術の仕込みに長い時間を要したそれは、鏡の守り手の前にあっけなく退けられてしまった。

それを悟った土御門はそれを呆然と見つめていたが、敗北を悟るや否や、弾かれたように踵を返した。

「覚えていろよ、野見山ひより」

引き際を正確に見定めることができるから、土御門は今まで陰陽寮に名を馳せてきた。

その名に微かな傷がつけられたことを悟りながら、それでも土御門は迅速に行動する。

黒い蜘蛛の式神が現れ、その長い脚で土御門を搦めとると、音もなく姿を消した。


ひよりは長い安堵のため息をついて、神鏡をぎゅうっと抱きしめた。

「やった……！　私、やり遂げたんだ……！」

暗雲が急激に収束し、辺りに朝日の光が戻ってくる。水銀によって溶かされた建物や植物はそのままだが、土地神である石蕗であれば、癒すことができるだろう。

だから、残された問題はたった一つ。

「あの化物はやっつけたよ！　……霧生？　霧生！　嫌だよ起きて、何か言って……！」

薫の悲痛な叫びに、その場の全員が我に返る。

石蕗は人間の姿に戻り、青磁は自分のはさみをしまった。

ひよりは神鏡をそっと縁側に置くと、短い呼吸をしている霧生の側に立った。

「ど、どうにかできないんでしょうか。今は朝だから、月の光は集められないし」

「生命力が抜けてしまってるんだ。人間で言うなら、輸血をしなけりゃいけない状態だが」

「私の！　私の血を使って！」

詰め寄る薫に、石蕗が苦々しい表情を浮かべる。

「人間の生命力は、神にとっては雀の涙ほどしかない。君がどれだけ血や生命力を注いでも、彼の助けにはなるまい」

「そんな……！　いやだ、霧生、いやだよ」

薫は泣きそうな顔で霧生の体を揺さぶる。紙のように白い顔をしている霧生は、唇を何度か動かすものの、もはや言葉を紡ぐことさえできなくなっている。

消滅がすぐそこまで迫っていた。

「霧生、置いてかないで、ねえ……！　前も私を置いていってしまったのに、どうしてまた置いていくの……！」

気丈な薫の頬を幾筋もの涙が伝い、霧生の手にほたほたと落ちた。

置いていかないで。

その言葉が青磁の頭の中で反響する。それは何度も、何度も叫んだ言葉だった。

どうして自分を置いていくのか。なぜ連れていってくれないのか。

また、一人にするのか。

「――」

青磁はしばらく自分の手のひらを見ていたが、やがてゆっくりと顔を上げた。

「どきなさい、小娘」

「……最後くらい、一緒にいさせて」

「最後にする気なんですか？　いいからどきなさい、今なら助けられる」

がばっと顔を上げた薫は、大きな目を驚きと期待に見開いている。

「ほんとう？　ほんとうに助けられるの？」

「私は舌を得るために、たくさんの縁切りをしてきました。それによって得られた力は全てここにあります」

そう言って青磁は自分の喉に手を当て、そこから青白い小さな光の玉を取り出した。

「これだけあれば消滅は免れるでしょう。――あなたに譲ります」

ひよりは一瞬目を見開いたが、何も言わなかった。

あの力をためるまで、どれほど縁切りをしてきたのだろう。糸切りばさみと共に、どれだけの荒事を潜り抜けてきたのだろう。

七生の食べるものを味わいたい、その一心で集めてきた力を、霧生のために渡すという。

薫の目にきらりと光が宿る。震える唇が言葉を紡ぐ。

「……青磁さん。どれだけお礼を言ったらいいか、私分からない」

「別にお前のためにしてるわけじゃないんです。――これは、あの日置いていかれた私を救っているだけのことだ」

言うなり青磁は霧生の側に屈みこみ、手の中の青白い光を、霧生の胸に押し込んだ。

「……」

霧生の目が薄っすらと開く。顔色も良くなってきた。

「……薫？」

「霧生！」

薫は霧生をきつく抱きしめて離さない。霧生もまた強く抱き返している。

青磁は何も言わず、東の空を見つめている。

いつの間にか、空はすっかり澄み渡っていた。

はふう、と息を吐いたひよりは、居間のテーブルにこつんと額を乗せた。

「お疲れ様でした。ずいぶん奮闘しましたね」

そう言いながら青磁が隣に座る。

剥離斜は破壊した。色んなことがあったけれど、結果だけ見れば全員無事だった。

霧生と薫は、互いの手をしっかり握りながら帰って行った。

文字通り獅子奮迅の働きを見せた石蕗は、眠いと言って自分の神社に引っ込んでいる。だからここには二人だけだ。雀がちゅんちゅんと鳴くかわいらしい声が聞こえている。

ひよりはちらりと青磁の顔を見る。

いつになく放心状態の青磁は、幼い表情でひよりの目を見返す。毒舌だらけの式神の、意外な表情に、ひよりは急に主としての振る舞いを思い出した。

「青磁さんに渡したいものがあるんです」

そうして、朱色の文箱を取り出した。蔵にあったものだ。

「七生さんは、青磁さんの次の主に手紙を残していました。私が二人の出会いを知ることができたのも、この手紙のおかげです」

「……」

「この二通目の手紙は、七生さんが術を込めているから、七生さんと話せます」

青磁ははっとした様子で文箱を見る。ひよりは静かに文箱を開け、ぼろぼろになった手紙をそっと取り出した。

「私がだいぶ読んじゃったから、七生さんと話せるのはほんの少しなんですけど」

そう言って手紙を青磁に差し出す。

青磁は震える指先でその手紙を受け取る。はく、はくと何度も息を仕損じてから、ようやくぱっと手紙を開いた。

「青磁」

ああ、どれほどその声で呼ばれたかったことだろう。

真っ暗な空間。懐かしい術の気配。青磁は振り返る。

にこにこと笑っている七生がいる。

「ななお」

「お前の次の主はいい人だ。何しろ鏡の守り手でもあることだし、誠実さは折り紙付きだ。あの清らかな人を、きちんと守ってあげなくちゃいけないよ」

七生の声はかすれている。もう手紙に込められた術が残り僅かなのだろう。

聞きたいことはたくさんあった。どうして自分を置いていったのか。なぜ一緒に死なせてくれなかったのか。

「……」

でもきっと、それは無駄な会話になる。

終わったことだ。過去の話だ。七生は死んで、もういない。

だから、前を向こうと青磁は思った。

「はい。あれが――ひよりが私の、主です。一度は向き合い方を間違えてしまったけれど、それでもあの人は許してくれた。私の二人目の、自慢の主です」

七生は微笑んだ。その体から色が抜け落ち、術の終わりを知らせる。

「……辛い思いをさせたね。俺はもう、死んでこの世に何の影響も残せない身だけれども
——いや、だからこそ、お前のために祈っているよ」

どうかお前が、生きていてよかったと思えることがあるように。

生きる喜びを味わえるように。

七生の姿が掠れてゆく。青磁は思わず手を伸ばし、その残滓を指でかき集める。

けれど所詮は亡霊だ。七生は消える。消えながら、かつての主は呟いた。

「青磁。——俺の青磁。大切な、俺の式神」

口元を戦慄かせ、青磁が頷く。

「はい。私は、あなたの——」


テーブルに雫が落ちる。

青磁は泣いていた。涙を隠すことなく、ただ一点を見つめて。

その手に七生の手紙はない。消えてしまった。

七生の最後の術は終わったのだ。

ひよりはそうっと手を伸ばし、青磁の冷え切った指先を握り締めた。

「大丈夫ですか、青磁さん？」

青磁は目の前の少女を見つめる。少し抜けていて、けれど誰かを恨むことなく前に進むことができる、強い人。

この主は、七生と似ているようで少し違う。陰陽道に通じ、戦いを駆け抜けてきた七生に比べて、ひよりは優しすぎるのだ。

けれど、この数か月ひよりと一緒に暮らして、青磁は楽しかった。七生といる時とは違う喜びがあった。

何より青磁は、ひよりと接したことで、自分が変わったことに気づいていた。

青磁は乱暴に涙をぬぐって、

「お前が主になってから、私は変わった。前の私なら、霧生に力を与えるなんて考えなかっただろう。——柄でもないが、お前のように、何の打算もなく手を差し伸べることを、自分でもやってみたいと思ったんだ」

「それって……褒めてます？」

青磁が頷くと、ひよりはにこっと笑った。

「やった！　青磁さんに褒められること、なかなかないからなあ」

そう言いながらも、ひよりは優しく青磁の顔を見つめる。

「でも私はやっぱり、元々青磁さんが優しかったからだと思いますよ」

「どうだか」

呟いて青磁はふっと息を吐く。

「私の力は縁切りです。縁切り屋を開いていたとはいえ、抗争のさなかでしたから、この力を攻撃や妨害に使うこともありました」

「でもそれは、ひいおじいちゃんのためでしょう？」

「ええ。それを悔いてはいません。けれど、お前といれば、この力を本来の用途で使えると思うんです」

式神の縁切り。縁を結ぶべきではなかったものを断ち切り、式神を自由にしてやる力。ひよりといれば、他者を傷つけるためのはさみではなく、助けるためのはさみを振るうことができるかもしれない。

「じゃあ、また縁切り屋をやりますか」

青磁はちらりと主を見た。不安げな顔でこちらを見ている。

「私はやってほしいです。青磁さん」

「……ええ、続けますよ。せめて一度くらいは、私の主が作った料理を味わってみたいじゃありませんか。例えばたけのこご飯とか」

「最初に作ったお料理ですね」

「はい。私は、井戸から出てきたばかりのときは、縁切り屋を再開する気はなかったんです。けれど、お前があんまりにも嬉しそうにあれを出してくるから——あの顔が、あんまりにも七生にそっくりだったから——もう一度、挑戦したくなったんだ」

青磁がそう言うと、ひよりは照れくさそうに笑った。

かつての主に似た、けれど全く違う性質を持つ少女。

この少女こそが、今の自分の主なのだと、青磁はどこか誇らしげな気持ちで見つめた。

終章

　寧が耳をぴこぴこと動かしながら、ひよりに声をかける。

「主様（あるじ）、このお布団（ふとん）はもう取り込んでいいですか？」

「うん、お願い。わー、ふっかふかだ！　お日様のにおい」

　取り込んだ布団を客間に広げ、寧と二人で飛び込む。狐（きつね）の子の尻尾（しっぽ）がふさふさと腕（うで）に絡（から）まるのがくすぐったくて、ひよりはくすくす笑った。

「これなら大叔母（おおおば）さんも喜んでくれますか」

「もちろん！　叔母さんね、寧に会えるの楽しみにしてるって」

「退院おめでとうございます。大叔母さんが、僕たち式神が見える人で良かったです。さすが野見山家の血筋ですね」

　手術を終えて、大叔母の家に本来の家主が帰ってくることになった。

　そこで問題になったのが、青磁と寧という二体の式神だったのだが――。

『ああ、式神ね！　ええ、そういう子がいるっていうのは知ってるわよ。うちにいてもらえるんなら、家事とか手伝ってくれそうで良いわね』

　と、家主はあっさり二体の存在を受け入れた。

なので明日から、人間二人、式神二体の生活が始まるのである。

家主であるすみれを迎え入れるために、忙しく立ち働いていた青磁は、干したての布団の上で転がっているひよりと寧を客間に見つける。

寧は嬉しそうに尻尾を振りながら、ひよりにぎゅっと抱き着いていた。

その顔はとても幸せそうだ。青磁はふと、自分が見てきた様々な式神の顔を思い出す。

自分に向いていない仕事を主から強いられている式神は、どこか辛そうだった。全力を発揮できないくやしさ、主の期待に応えられない苦しみがあった。

けれど、今の寧は違う。心根の優しい式神は、同じくらい優しい主を得て、幸せそうに暮らしている。その幸せをもたらしたのは、ひよりだ。

ふと言葉がこぼれた。

「私は、良い主に恵まれましたね」

「え……ほ、ほんとですか！　私のこと、良い主だと思ってくれるんですか」

耳ざとく聞きつけて起き上がったひよりを見て、青磁は自分がこぼした言葉の意味に気づく。後輩の前で、無防備に本心を口にしてしまったのがやたらに恥ずかしくて、慌てて言葉を取り繕った。

「ま、まあ、土御門なんかのもとで働くよりは、のんき者の主のもとで働く方が、いくらかましというだけの話ですけどね」

「あ、そういう感じなんですね……。それでも、良い主って言ってもらえて嬉しいです！」

「僕は、文句なしにひよりさんが最高の主だと思います！」

びしっと手を上げて宣言する寧。

その言葉に、主が頰を緩めているのが、青磁は面白くない。

「寧。式神ともあろうものが、最高の主という言葉を軽々しく使うものではありませんよ。主というものは、もちろん敬意をもって接しなければなりませんが、同時に厳しい目線で応じることも必要で……」

「でも、ひよりさんと一緒にいると、この人のために全力を尽くそうって思えます。それって式神にとっては最高の主って言っても過言じゃないですよね」

「過言だ」

「青磁さんは厳しすぎます。ひよりさんは鏡の守り手って大役を担う人なんだから、式神が甘やかして差し上げるのも大事だと思います！」

「小童め、甘やかすだけが式神の仕事じゃないんですよ。主への態度を私に説教するなど、百年早い！」

寧はむうっと口をとがらせる。後輩を大人げなくやり込めた青磁は、どこか誇らしげにひよりを見た。

「そういうわけです。さあ、いつまでも遊んでいないで、ひよりは明日の快気祝いの献立を考えなさい。寧は玄関掃除。ほらさっさと立って布団を片づける！」

「はあい」

広い野見山家を、ぱたぱたという軽やかな足音が駆け抜けていった。

番外編

土地神さまと雀の式神

『桜の花は散ったけれど、青々とした葉を見上げながら、外でランチをするのも悪くないと思わないか？　土御門の件も片づいたことだし、祝勝会といこう！』

土地神さまの仰せには、鏡の守り手も逆らえない。

かくしてひよりは、バスケットにたっぷりのお弁当を詰め込んで、石蕗のいる神社までやってきたのだった。

お供はもちろん、青磁と寧である。青磁が大きなバスケットを、寧が水筒を持った。

神社の大きな桜の木の下にシートを敷いて、ひよりは重箱を広げた。

「お弁当の中身はですね、からあげにサンドイッチにおいなりさん、ブロッコリーとエビのサラダと、ごろごろベーコンのポテトサラダです」

「うんうん、美味そうだ！」

鷹揚に頷く石蕗に、寧がおずおずと尋ねた。

「こちらの水筒にはコンソメスープ、こっちにはほうじ茶が入っています。土地神さまはどちらがお好みですか？」

「まずはほうじ茶を頂こう」

寧は少し緊張した面持ちで、紙コップにほうじ茶を注ぐ。まだ若い式神にとって、土地神とは雲の上の存在だ。軽々しく言葉を交わして良いものではない。

その緊張を見かねた青磁が、

「そう硬くならなくても大丈夫ですよ、寧。この土地神は趣味が悪く品もないですが、弱いものをむやみに攻撃するような馬鹿ではありませんからね」

「おい青磁、品がないのは認めるが趣味が悪いとはどういうことだ」

「そのままの意味ですが？　神社のしつらえも服装も、趣味が良いとは言い難い」

「まあ、田舎の小雀にはこの高尚な趣味は分からんか」

「おや、田舎の土地神が何か言っていますね」

石蕗がきろりと青磁をねめつける。青磁は涼しい顔でひよりの分のほうじ茶を注いだ。

一触即発の雰囲気を放つふたりに怯える寧だったが、ひよりはそこまで心配していなかった。ふたりのやり取りに悪意はなかったからだ。

「あの、前から気になっていたんですけど、青磁さんと石蕗さんって、いつ頃からのお知り合いなんですか？」

「おっ、いい質問だなひより。本来であれば、土地神はそう簡単に自らの歴史を語らぬものだが、こうも美味い弁当を作られては、質問に答えざるを得んなあ！」

仕方がない感を放ちながらも前のめりに話そうとする石蕗に対し、青磁はものすごく嫌そうな顔をしている。

ポテトサラダの一番大きなベーコンの塊を口に放り込むと、石蕗は話し始めた。

「俺たちの出会いは、青磁が野見山七生に救われてすぐあとのことだ。つまり、まだこいつが弱っちい雀の精霊だった頃になる」

「へえ、青磁さんって、雀の精霊から式神になったんですね！　僕とおんなじだ、僕も元は狐の精霊だったから」

どこか嬉しそうに呟く寧。その顔があまりにも無邪気できらきらしていたので、青磁は「誰が弱っちい雀の精霊か」と殴りかかろうとした拳を渋々下ろした。

「っていうか、暴力はだめですよ青磁さん⁉」

「くっ……」

「はっはっは、まあ黙って聞いていろ。――七生は賢明な陰陽師であったがゆえ、俺への挨拶を欠かさなかった。まあ俺への貢ぎ物と称して酒を持ち込み、毒見と称してその酒をがぶがぶ飲んでいたから、肝のすわった陰陽師だなと思ってはいたが」

その土地を守護する土地神との繋がりを保つ。それは陰陽師の義務ではなかったが、七生は頻繁に石蕗への挨拶を行っていた。石蕗のことが気に入っていたのだろう。

「そんな七生がある日、雀の精霊を拾ったと言った。いくら陰陽師だって、そうホイホイ精霊を拾うもんじゃない。そんなもの好きは後にも先にも七生くらいだ」

そう言って石蕗はひよりをちらりと見た。

「訂正、ひよりもそのもの好きに名を連ねる可能性はあるが、ともかく。俺はその雀の精霊とやらに、大いに興味を持った！　だから七生に命じて、ここに連れてこさせた」

そうしたら、どうだ。石蕗は楽しそうに笑う。

「雀の精霊は、はっきり言ってかなり無力な存在だ。狼や鹿、からすといった他の由緒正しい精霊に比べれば、見劣りすることは必定――しかし、俺の前に現れた青磁は、俺の想像した『雀の精霊』と全く違っていた！」

何しろ青磁は、石蕗に会うや否や、その小さなくちばしでこう言ったのである。

『七生が面白い土地神と言うから期待していましたが、大したことないですね』

「……青磁さん、それは、大胆な発言ですねえ……」

ひよりはぽかんとした顔で青磁を見つめる。当の式神は、少し恥ずかしそうな顔をしつつ、

「ほんとうのことを言って何が悪い」

と開き直っている。

「そんな衝撃的な出会いだったんだが、そこで俺は気づいた。青磁から、覚えのある生臭い匂いが漂っているということに」

「覚えのある、生臭い匂い……？」

ひよりが首を傾げる。昔話の聞き手として、上々な反応を見せる彼女に、石蕗はにっこ

り笑った。

「土地神は土地を守護するのが仕事だ。自分の守る領地に入ってきた悪いものを退け、領地の精霊やあやかしたちを守る、そのために土地神はいる」

そう呟いた石蕗の顔が引き締まる。

「だが、その時の俺は、領地を完璧に守護できているとは言えなかった。――一匹の手癖の悪い精霊を取り逃していたんだ。腐った水のような、生臭い匂いを放つヤツだ。そいつは俺の領地を荒らし、弱い精霊を食い殺すような性悪だった。逃げ足が速くて、なかなか捕まらなかったんだ」

その言葉に、ひよりははっと顔を上げる。

青磁が七生と出会ったきっかけは、野見山家の竹やぶだ。雀の精霊だった青磁は、手癖の悪い精霊に攻撃されて、その竹やぶに落ちてきたという。

「その精霊って、青磁さんを攻撃して、竹やぶに落としたのと同じ……？」

「ご明察！　それに気づいた俺は、青磁に協力してもらって、その精霊をおびき寄せることにした。弱い精霊を執拗にいじめるのが、そいつの癖らしかったからな」

石蕗は青磁を囮にし、その生臭い精霊をおびき寄せた。そしてのこのこ現れたところを、唐獅子の姿に変化して、ばくり、と一口で呑み込んだのだ。

「そういうわけで、青磁と俺は見事なコンビネーションで、その生臭精霊を退治したというわけ！　なかなかの縁だろう？」

「どこが見事なコンビネーションですか。あなたが遅刻した、というか神社で女性にうつつを抜かしていたせいで、私はその生臭精霊に食われる寸前だったのですよ！」

「まあまあ、無事だったんだから良いじゃないか。お前の『弱い精霊』の演技が上手すぎて、あいつを煽りすぎたのが悪いんだろ」

「あれが演技ではなかったと分かっているくせに、どれだけ意地が悪いんですか！」

　青磁が石蕗に食ってかかる。いつもの毒舌はさらに磨きがかかっていて、流れるように石蕗を罵倒する。

　それを呆然と見つめながら、おいなりさんをほおばっていた寧が、しみじみと言った。

「なるほど。そんなことをされたのなら、青磁さんが土地神さまを嫌うのも、分かる気がします」

「そうかな？　嫌いなんじゃなくて、あれは……甘えてるのかも」

　無力だった精霊の時代を知っている存在。青磁の式神としての矜持を理解している存在。それが石蕗だ。

「青磁さんにとっての石蕗さんって、親戚のやんちゃなお兄さんとか、ケンカじゃ勝てない悪友とか。そんな感じなのかもね」

　ひよりの言葉に、寧は青磁と石蕗を観察する。

主の前だというのに、口角泡を飛ばして土地神を罵倒する先輩式神。

その罵詈雑言を真正面から受け止めて、ゲラゲラ笑っている土地神。

「……僕にはよく分からないです。どう見ても仲良しだとは思えません」

「うーん」

ひよりは苦笑する。寧の言葉もよく理解できる。青磁と石蕗は、ケンカするほど仲が良い、という範囲を少しばかり超えているときがある。

「でもさっき青磁さんが言ってたでしょ。石蕗さんは、弱いものをむやみに攻撃するような馬鹿ではありませんからね、って。根っこのところでは、石蕗さんのことを信頼してるんだと思うよ」

寧は少しばかり難しそうな顔をしていたが、ややあって、今日三つ目になるおいなりさんを手に取り、澄ました声で言った。

「鏡の守り手であらせられる主さまがそう仰るのなら、きっとそうなのでしょう」

初夏の訪れを感じさせる青い空に、式神と土地神の大声が響いた。

あとがき

はじめまして、雨宮いろりと申します。
『あやかし専門縁切り屋』をお手にとってくださり、ありがとうございます！
「角川ビーンズ小説大賞」の新人賞を頂き、初めて出させて頂く小説となります。ひよりと青磁の、どっちが上だか分からないような主従関係を、お楽しみ頂けていたら嬉しく思います。

ひよりというヒロインについて、彼女はマイペースで人の言うことを素直に信じる、ちょっとチョロいところのある子なのですが、駄目なことは駄目と言える強さの持ち主です。

一方の青磁は、縁切りばさみを振るう毒舌式神……なのですが、前の主との関係で、少し臆病なところもある式神です。

対照的だけれど、お互いの弱点を補い合えるようなふたり。我ながら良いコンビを書けたなと思います。

余談ですが、青磁のイメージ動物は最初狐になる予定でした。ですが、それで書き進めてみると、天上天下唯我独尊私こそが最高の式神、となってしまったので（それはそれで嫌いではないですが）変えました。

どうやら奏功したようです。道行く雀に頭が上がりません。イラストを担当してくださったくろでこ様。ありがとうございます。ひよりの、可愛らしくも少しのんびり屋なところが分かるデザイン、青磁の余すところなく美青年な姿に、思わず「かわいいでしょ！」と飼い猫に自慢しました。

表紙も素敵に仕上げて頂き、感無量です。重ねて御礼申し上げます。

担当様、右も左も分からない私を辛抱強く導いてくださり、ありがとうございます。ご面倒をおかけしましたが、満足いくものを書き上げられたのは、ひとえに担当様が励まし、改善点を指摘し、スケジュール立てしてくださったおかげです。初めての編集の方が担当様でほんとうに良かったな……と思っております。ありがとうございます！

そして読者の皆様へ、少しでもこの物語をお楽しみ頂ければ、これ以上の喜びはありません。ここまでお読みくださりありがとうございます。また、皆様に物語を届ける機会に恵まれれば嬉しいです。

最後になりましたが、新人賞に携わられた皆様、編集部の方々、この本の制作・流通に関わられた皆様に、御礼申し上げます。

引き続き精進して参ります。またお会いできますように。

雨宮いろり

「あやかし専門縁切り屋 鏡の守り手とすずめの式神」の感想をお寄せください。
おたよりのあて先
〒102-8177 東京都千代田区富士見2-13-3
株式会社KADOKAWA 角川ビーンズ文庫編集部気付
「雨宮いろり」先生・「くろでこ」先生
また、編集部へのご意見ご希望は、同じ住所で「ビーンズ文庫編集部」
までお寄せください。

あやかし専門縁切り屋

鏡の守り手とすずめの式神

雨宮いろり

角川ビーンズ文庫 22859

令和3年10月1日 初版発行

発行者———青柳昌行
発　行———株式会社KADOKAWA
〒102-8177 東京都千代田区富士見2-13-3
電話 0570-002-301（ナビダイヤル）
印刷所———株式会社暁印刷
製本所———本間製本株式会社
装幀者———micro fish

●お問い合わせ
https://www.kadokawa.co.jp/（「お問い合わせ」へお進みください）
※内容によっては、お答えできない場合があります。
※サポートは日本国内のみとさせていただきます。
※Japanese text only

ISBN978-4-04-111866-5C0193 定価はカバーに表示してあります。

あやかしの家の仮主さま
衣がさね　狐と狸と焔の娘
三川みり
イラスト　保志あかり
恐ろしいあやかしと、
優しい衣でおもてなし!?
一人ぼっちの心を癒す、
あやかし　大正ファンタジー！
大好評
発売中！
幼い頃母に捨てられ、反物屋で働く佐名。嫁げと命じられた
相手には、嫁を食い殺すあやかしが取り憑いていた！
思わず逃げ出した佐名は、怪しい男・忽那青紀に捕らえられ、
なぜか「この屋敷に主として住め」と脅されて……!?

異母妹を虐げていると噂される、悪名高い白蓮。
皇帝の寵愛を得たのは異母妹……なのに白蓮は得意の錬金術で、
後宮で異母妹を貶める罠を次々と暴いていく。
だが、皇帝呪殺を狙う事件が！　しかも犯人は……白蓮!?

寵姫
喜花坊の
きかぼうのちょうき
恋と縁は宴より始めよ
和知杏佳
イラスト セカイメグル
本当の自分を見つけた時、
秘めた才能が花開く。
大好評
発売中！
恋と宴の中華ファンタジー！
反逆罪で捕まった亡き父の連座で身分を落とされ、
喜花坊の楽宮となった彩琳。
彼女は父の汚名を雪ごうとするが、
第一王子・央蓮に目的を知られてしまう。
しかし復讐の協力を持ちかけられ、寵姫を装うことになり……？